Σ. Σ. Cg's

E. E. Cummings

·增订本·

〔美〕E.E. 卡明斯 著　邹仲之 译

卡明斯诗选

上海译文出版社

目　录

2

和[与]（1925）

等于5（1926）

W［万岁］（1931）

不谢（1935）

新诗(1938)

50 首诗(1940)

6

1×1［1 乘 1］(1944)

高兴(1950)

95 首诗(1958)

9

73 首诗(1963)

未收集的诗（1910—1962）

等等:未出版的诗(1983)

附　录
剑桥拉丁学校时期（1908—1911）

（＊示附有原文）

美国诗坛顽童肯明斯(代序)

[中国台湾] 余光中①

　　美国现代诗坛有一个永远长不大的彼德·潘（Peter Pan）②，从一九二三年起就不曾长大过，可是虽然永长不大，现在却已死了。他的名字也挺帅的，横着写，而且是小写，你看过就不会忘记。那就是 e. e. cummings。

　　爵士时代的几个代言人，现在都死得差不多了。海明威是一个。格什温（George Gershwin）是一个。詹姆斯·狄恩是一个。现在轮到了肯明斯。这些人，有一个共同的特点，有一副满是矛盾的性格——他们都是看来洒脱，但很伤感，都有几分浪子的味道，都满不在乎似的，神经兮兮的，落落寡合的，而且呢，都出奇的忧郁，忧得令人传染。就是这么一批人。

　　肯明斯似乎永远长不大，正如艾略特似乎永远没年轻过——艾略特一写诗就是一个老头子，至少是一个未老先衰的青年，从《普鲁夫洛克的恋歌》起，他就一直老气横秋的。肯明斯似乎一直没有玩够，也没有爱够。我不是说他没有成熟，我是说他一直看年轻，经老。在这方面，他令我们想起了另一位伟大的青年诗人——来自王子之国威尔士的现代诗王子狄伦·托马斯。比较起来，托马斯豪放些，深厚些，肯明斯飘逸些，尖新些。托马斯像刀意饱酣的版画，肯明斯像线条伶俐的几何构图。批评家曾经把现代雕塑的考德尔（Alexander Calder）来比拟现代诗的肯明斯。考德尔那种心机玲珑的活动雕塑（mobiles）也的确有点儿像肯明斯的富于弹性的精巧的诗句。两者都是七宝楼台，五云掩映，耐人赏玩。

　　事实上，肯明斯的诗和现代艺术确有密切的关系。像布莱克、罗赛蒂、叶芝、科克托一样，他也是诗画两栖的天才。他生前一直希望别人知道他"是"（而非"也是"）一位画家，且数度举行个展。他的全名是爱德华·艾斯特林·肯明斯（Edward Estlin Cummings，1894—1962）。他的生日是十月十四日。他的家庭背景很好，父亲是哈佛大学英文系③的讲师，其后成为有名的牧师，而小肯明斯也就出生在哈佛的校址，麻省的剑桥。一九一六年，他获得哈佛的文学硕士学位，不久就随诺顿·哈吉士野战救护队去法国服役。一位新闻检查官误认他有通敌嫌疑，害他在法国一个拘留站（肯明斯直截了当管它叫"集中营"）中监禁了三个月。这次不愉快的经历后来成为他的小说《巨室》（The Enormous Room）的题材。从那拘留站释放出来，肯明斯立即自动加入美国的陆军，正式作战。第一次世界大战之后，他去巴黎学画，之后他一直往返于巴黎和纽约之间，做一个职业的画家，同时也渐渐成为一位顶尖儿的现代诗人。一九二五年，他得到"日晷"文学奖。一九五四年，哈佛母校聘请这位老校友回去，主持有名的"诺顿讲座"（Charles Eliot Norton Lectures at Harvard）。这个讲座在学术界的地位很高，大作曲家斯特拉文斯基和考普兰都曾经主持过。

多才的肯明斯曾经出版过一册很绝的画集，叫做 CIOPW。原来这五个大写字母正代表集中的五种作品——C 代表炭笔画（Charcoal），I 代表钢笔画（Ink），O 代表油画（Oil），P 代表铅笔画（Pencil），W 代表水彩画（Watercolor）。兼为画家的肯明斯，他的诗之受到现代画的影响，是必然的。现代艺术最重要的运动之一，毕加索和布拉克倡导的立体主义，将一切物体分解为最基本的几何图形，在同一平面上加以艺术的重新组

<hr>

① 余光中（1928—2017），中国台湾著名诗人、作家、文学教授。此文是作者在卡明斯于 1962 年去世后写的纪念文章。在台湾和香港，Cummings 被译为"肯明斯"；大陆也曾采用过此译名，现一般译为"卡明斯"。

② 彼得·潘，为英国小说家詹姆斯·巴利（James Barrie，1860—1937）于 1911 年出版的长篇小说《彼得·潘》里的主人公，一个淘气的会飞的男孩，小说讲述了他的冒险故事。

③ 应为社会学。——译注

合，使它们成为新的现实。这种艺术形式的革命，在现代诗中，经阿波利奈尔的努力，传给了美国的麦克利什、雷克斯罗斯（Rexroth）和肯明斯。在现代诗中"立体主义"指各殊的意象和叙述，以貌若混乱而实经思考的方式，呈现于读者之前，使其形成一篇连贯的作品。诗人运用这种方式，将经验分解为许多元素而重新组合之，正如画家将物体分解一样。

肯明斯则更进一步，大胆地将诗的外在形式也"立体化"了。我把他叫做"排版术的风景画家"（typograhical landscape painter），或是"文字的走索者"（verbal acrobat）。顽童之名，盖由此而来。在此方面，他的形式是与众不同，独出机杼的。例如他把译为"我"的 I 写成 i，又把传统诗每行首字的大写改成小写，起初曾使批评界哗然。事实上这并没有什么值得大惊小怪的。在中国诗里，"我"字本就无所谓大写不大写。我们也从不将"孔雀东南飞，五里一徘徊"中的"孔"字和"五"字大写。其次，在这种"立体派"的作风下，肯明斯复把文字的拼法自由组合或分解，使他们负担新的美感使命，而加强文字的表现力和句法的弹性。例如他把 mankind 改成 manunkind。把神枪手连发五弹的动作连缀成 onetwothreefourfive，以加强快速的感觉。把 most people 连缀成 mostpeople，以代表那些乡愿式的"众人"。下面一个例子，最能代表他这方面的风格。原意该是 Phonograph is running down, phonograph stops。（唱机要停了，唱机停止。）结果被他改写成：

              pho
     nographisrunn
     ingd o w, n   phonograph
              stopS.

这种形式，看起来不顺眼，但是读起来效果很强，多读几遍，便会习惯的。读者请原谅我不得不直接引用英文，因为翻译是不可能的。

又例如在《春天像一只也许的手》(spring is like a perhaps hand) 中，他将同样的字句，时而置于括弧内，时而置于括弧外，时而一行排尽，时而拆为两行，时而略加变更次序，造成一个变动不已的效果，令人想起立体主义绘画中的阴阳交叠之趣。

其次，肯明斯往往打破文法的惯例和标点的规则，以增进表现的力量。他往往变易文字的词类，为了加强感觉，例如在《或人住在一个很那个的镇上》(anyone lived in a pretty how town) 之中，便有很多这样的手法：

> anyone lived in a pretty how town
>   (with up so floating many bells down)
> spring summer autumn winter
> he sang his didn't and he danced his did.
>
>   Women and men　(both little and small)
> cared for anyone not at all
> they sowed their isn't they reaped their same
> sun moon star rain

此处的"或人"(anyone) 当然可以视为任何小镇上的小人物。"春夏秋冬"连写在一起，当然是指"一年到头"的意思。"他唱他的不曾，他舞他的曾经"，是非常有趣的创造。"不曾"令人难忘，故唱之；"曾经"令人自豪，故舞之。而此地的"不曾"和"曾经"在英文文法中，原来都是助动词，但均被用作名词，就加倍耐人寻味，且因挣脱文法的枷锁，而给人一种自由、新鲜的感觉。第二段中的 isn't 也是同工的异曲。"日月星雨"应该是指"无论昼夜或晴雨"。全诗一共九段，给人的感觉是淡淡的悲哀和空寞，因为一切都是抽象的。

乔伊斯和斯泰因女士在小说中大量运用的意识流技巧，肯明斯在诗中亦曾采用，有时也相当成功。例如上面所举《或人住在一个很那个的镇上》的第一段中，with up so floating many bells down 一行，实际上只是意识流的排列次序，正规的散文次序应该是 with so many bells floating up （and） down。可是前者远比后者能够表现铃铛上下浮动时那种错综迷乱的味道。

肯明斯的作品，除了前面提起过的大战小说《巨室》和画集 CIOPW 外，还有诗集 *Tulips and Chimneys* （1923），*XLI Poems* （1925），*is 5* （1926），*ViVa* （1931），*No Thanks* （1935），1 × 1 （1944） 等多种。此外，他尚有剧本《他》（*him*，1927），芭蕾剧《汤姆》（*Tom*，1935），及寓意剧《圣诞老人》（*Santa Claus*：*A Morality*，1946）。

大致上说来，肯明斯的诗所以能那么吸引读者，是由于他那种特殊而天真的个人主义，和他那种独创的崭新的表现方式。前者使他勇于强调个人的自由和尊贵，到了童稚可爱的程度。在僵硬了的现代社会中，这种作风尤其受到个别读者的热烈欢迎。他曾说，政客只是“一个屁股，什么都骑在上面，除了人（an arse upon/which everyone has sat except a man）”。后者使他成为一个毁誉参半的诗人；许多读者看不顺眼的，正是另一些读者喜欢得入迷的排版上的“怪”。事实上，“看不顺眼”的排版方式，往往可以“听得入耳”，因为那种方式原是便于诵读，不是便于阅览的。

这些“怪诗”，可以分为两类。一类是抒情诗，或咏爱情，或咏自然。另一类是讽刺诗，或抒发轻松的机智，或作严厉的攻击。后者反映美国的现实，比较有区域性，不易为外国读者欣赏。前者精美柔丽，轻若夏日空中的游丝，巧若精灵设计的建筑，真是裁云缝雾，无中生有，匪夷所思。春天和爱情是这类诗中的两大主题。春天死了，还有春天。情人死了，还有情人。歌颂春天和爱情的诗，其感染性普遍而持久，所以能令外国读者和后世读者也怦然心动。肯明斯的情诗，写起来飘飘然，翩翩然，轻似无力，细似无痕，透明而且抽象，可是，真奇怪，却能直扣心灵，感染性非常强烈。一旦读者征服了形式上的怪诞，他将会不由自主地再三低吟那些催眠的诗句，且感到解开密码后豁然开朗的喜悦。对于肯明斯，生命是一连串渐渐展露的发现，"恒是那美丽的答案，问一个更美丽的问题"。对于他，爱情是无上的神恩，是"奇妙的一乘一"。在《我从未旅行过的地方》(somewhere i have never travelled) 一诗中，有下面的两段，可以代表这类诗的风格：

> 你至轻的一瞥，很容易将我开放
> 虽然我关闭自己，如紧握手指
> 你恒一瓣瓣解开我，如春天解开
> （以巧妙神秘的触觉）她第一朵蔷薇

> 若是你要关闭我，则我和
> 我的生命将合拢，很美地，很骤然地
> 正如这朵花的心脏在幻想
> 雪片啊小心翼翼地四面下降

透过奇特的形式，透过那一些排版上的怪癖，透过那些令浅尝辄止的读者们望而却步的现代风貌，我们不难发现，尽管肯明斯是现代诗最出风头的前卫作家之一，他本质上仍是传统的，浪漫的，几乎到伤感的程度。事实上，许多现代作家的"硬汉姿态"只是他们温柔气质的掩饰。肯明斯的追随者虽多，他毕竟不是现代诗的主流。他不是一个深刻的思想家，他的接触面颇有限制，他的分量也不够重，可是他那天真可喜的个人主义，他那多彩多姿万花筒式的表现技巧，和他那种至精至纯的抒情风味，使他成为现代诗中一条美丽活泼的支流。读者翻开叶芝和艾略特的诗集，为了寻找智慧和深思，但是他为了喜悦和享受，翻开肯明斯的作品，就像他为了喜悦和享受，去凝望杜菲或米罗的画一样。肯明斯也有一些过分做作以至于沦为字谜的实验品，可是一位诗人，一生只要留下一两打完美无憾的杰作，也就够了。许多三流作者，只学到他缤纷的外貌，没有把握到他纯净如水透明如玻璃的抒情天才，浪费蓝墨水罢了。诗坛究竟不是动物园。动物园里不妨有几只同类的奇禽异兽，诗坛只能有一个肯明斯啊。

顽童不再荡秋千了，秋千架空在那里。让我们吹奏所有的木管乐器，送他到童话的边境。

一九六二年九月

《等于5》前言

e. e. 卡明斯

鉴于有人认为我的技巧要么复杂，要么原创，要么兼有，出版商出于礼貌要求我为这本书写一篇前言。

如果我有一个关于技巧的理论，那么它至少是远非原创的；也并不复杂。我可以援引 burlesk viz 的《永恒的问题与不朽的答案》中的一句话来表述，即"你想用个孩子拍到女人？——不，我会用砖头拍她"。像喜剧作家 burlesk，我病态地喜欢那种创造出动感的精确。

如果诗人算个什么人，他就是那种任什么东西对他都不算什么的人——是那种痴迷于自己**制造**东西的人。和所有痴迷一样，对于**制造**的痴迷有弊；举例说，我对挣钱的唯一兴趣会是自己去造钞。好在幸运的是我宁可去造别的一切，包括火车头和玫瑰花。有了玫瑰花和火车头（更别提杂技演员**春天**电科尼岛七月四日老鼠的眼睛和尼亚加拉瀑布），我的"诗"就特能较劲。

它们互相之间也较劲，还与大象和埃尔·格列柯较劲①。

对于**动词**的必然的专注和偏爱给了诗人一种无价的优势：当非制造者以2乘2等于4这样完全不可否认的事实来自我满足时，他却得意地享受着一个纯然不可抗拒的真理（它以一种缩略的形式出现在本书的书名页上）。

郁金香与烟囱

Tulips & Chimneys

(手稿;1922)

E. E. 卡明斯
Edward Estlin Cummings
(1894. 10. 14—1962. 9. 3)

说明:《郁金香与烟囱》1922 年的手稿中有 152 首诗,于 1923 年出版时仅有 67 首,编辑删除了可能会引起争议的诗。

尼 可 莱

城堡浑然横陈，在大理石中酣梦
如黑夜诞生的巨大幽魂之花
在白色塔群里向月开放，
悄悄叹息的黑暗欲望化作
侏儒歌手的曲调，而（白色的幽魂）
暗哑生花的树枝落下它们荣耀的雪，
一朵玫瑰超凡的优美
从五月纠结的心扉向上凫起；

一腔受伤的激情苏醒，一滴一滴
如天使泪落在夜之上，
一字一字，神秘祈祷的音节，
如一朵绽放中的百合，懒洋洋的美
（从她罂粟花瓣的床榻凝视
沉眠的早晨）轻轻拉开
窗帘，摆放她颤抖的赤裸的心，
还有太阳以露水制成的粒粒珠宝，

于是一尊闪耀的高塔呈现（如同玻璃
化光为火燃烧雪色烈焰）
赋予月亮一张少女般的面庞，
一种雪白对称的优雅
萦绕那肢体宛如音乐萦绕七弦竖琴，
白皙双手的尤物任随光泽的线绳
从城堡高墙滑落，
一滴晶莹，跌入草丛——

躲避突兀的月光它背叛的圈套
她搜寻那潜伏的黑暗，（握住
她精致的丝线）闪烁的双足洁白
迈进露水：雏菊花盏的每一亲吻
让她的心狂乱悸动，
当根根树枝谦卑俯身
抚摸她黄色奇异的秀发，
鲜妍的色彩从她脸颊逃遁。

　　说明:标题为原有。尼可莱是法国中世纪传奇故事《奥卡辛
与尼可莱》(*Aucassin et Nicolette*) 中的女主人公。20 世纪初曾有
取材于这一故事的歌剧和小说面世。此诗表现了尼可莱从囚禁
她的城堡出逃的情景。

当生命即将完结

当生命即将完结
叶子说哎呀，
为了那燕子
还有许多要做，
它结束了在蓝天的飞翔；

当情人淌出他的泪水，
也许将要穿越
一百万年
（而一只蜜蜂在亲爱的
罂粟花上昏昏欲睡；

当一切都做过了，说过了，
她不慌不忙
在青草下
搁放自己的头
近处是橡树林玫瑰丛。）

你的手指把一切化为初开的花朵

你的手指把一切化为
初开的花朵。
你的头发总在恋爱的时辰：
一种光滑
在唱，在说
（虽然爱只有一天）
别怕，我们去享受青春。

你娇嫩的雪足四处游荡。
你湿润的双眸
永在嬉戏亲吻，
何等奇异
在说，在唱
（虽然爱只有一天）
你为哪个姑娘带来鲜花?

你的双唇是甜蜜糖果
小巧玲珑。
死神，我说你的富足超过了希望
假如你抓走这个，
别的就会错过。
（虽然爱只有一天
生命要么死去，要么不停亲吻）。

我的爱人一袭绿装

我的爱人一袭绿装
骑乘金色骏马
闯入银色黎明。

四条精瘦猎狗弓腰俯首发出冷笑
快乐的獐鹿在前面奔跑。

飞快可爱的鹿儿
赤红稀罕的鹿儿
它们敏捷胜过花花梦幻。

四头赤红獐鹿来到白色湖旁
残酷号角在前面吹响

号角别在腰上我的爱人骑马
踏着蹄下回声
闯入银色黎明。

四条精瘦猎狗弓腰俯首发出冷笑
平坦的草地在前面铺展。

瘦削灵巧的鹿儿
敏捷如飞的鹿儿
它们温柔胜过恍惚的睡眠。

四头獐鹿来到金色山谷

饥渴的箭在前面呼啸。

弓搭在肩上我的爱人骑马
走下山岗
闯入银色黎明

四条精瘦猎狗弓腰俯首发出冷笑
在陡峭群峰前奔跑。

健壮苗条的鹿儿
高大紧张的鹿儿
它们比威吓的死神还要苍白。

青翠山间那四头獐鹿
幸运的猎手在前面唱歌。

我的爱人一袭绿装
骑乘金色骏马
闯入银色黎明。

四条精瘦猎狗弓腰俯首发出冷笑
我的心在它们前面倒下死亡。

洋娃娃的男孩

洋娃娃的男孩
在梯子下睡着了
他看见八位和二十位
小姐排成一行

第一位小姐
对九位小姐说
他的嘴唇喝水
他的心喝酒

第十位小姐
对九位小姐说
她们必须捆住他的脚
他的手腕太细嫩

第十九位小姐
对九位小姐说
你们占有他的唇
他的眼睛属于我

洋娃娃的男孩
在梯子下睡着了
他的脚每走一步
他的心就走十步

爱神走行在绵长的秋天

残酷，爱神
走行在绵长的秋天；
鬓发里是最后一朵花，
你的唇冷冷黏着歌

哪一个
会第一个枯萎，消失？
浅浅的日光
落了，残酷，
月
越过草地
来了

爱神，走行在
秋天
爱神，最后一朵
花在鬓发里枯萎；
你的发冷了飘着
梦，
爱神你何其单薄

——走行在秋天的绵长
对人们灰灰地笑笑，
对冬天
懒得在乎。

当上帝放任我的肉体

当上帝放任我的肉体

从每只勇敢的眼里会萌生一棵树
苹果悬挂在那里

在我曾经歌唱的唇间
世界在上面舞蹈　　变得高贵

一朵玫瑰惹出春天
虚耗激情的少女们

把我强健的手指
放在她们小小的乳房间白雪下

我的爱走行在草丛里
行将进入热烈的鸟群

它们的翅膀轻击她的脸庞
我的心时时刻刻

贴着海洋的潮涨和触摸

正是春天
（"天真歌曲"之一）

正是
春天　大地一片芬芳的
泥泞个子小小的
卖气球人瘸着腿

吹着口哨　远远的　一个小点儿

艾迪和比尔来了
跑着不再打弹子
当海盗
是春天了

大地成为好玩儿的泥潭

古怪的
卖气球老人吹着口哨
远远的　一个小点儿
蓓蒂和伊斯贝尔手舞足蹈来了

不再跳房子跳绳

是
春天了
还有
　　那个

长着山羊脚的

卖气球人　吹着口哨
远远的
一个
小点儿

说明："长山羊角的"，可能隐喻希腊神话里的森林之神潘
（Pan）。

（附原文）

in Just-
spring   when the world is mud-
luscious the little
lame balloonman

whistles   far   and wee

and eddieandbill come
running from marbles and
piracies and it's
spring

when the world is puddle-wonderful

the queer
old balloonman whistles
far   and   wee
and bettyandisbel come dancing

from hop-scotch and jump-rope and

it's
spring
and
   the

goat-footed

balloonMan   whistles
far
and
wee

圣 诞 树

（"天真歌曲"之三）

小小的树
小小安静的**圣诞树**
你这么小
你更像一朵花

是谁在绿树林找到了你
你离开那里很难过吗?
看　我来安慰你
你闻起来真香

我要亲亲你冷冷的树皮
小心紧紧地抱抱你
就像你妈妈那样，
只是别害怕

看　那些亮闪闪的玩意儿
它们一年到头睡在黑盒子里
梦着给拿出来大放光彩，
有金球银球、红链子、金绒线，

抬起你的小胳膊
我会把它们一股脑让你拿着
每根手指头会戴上指环
没一个地方**不闪亮不喜庆**

等你上下打扮好了
你会站在窗户里让大伙儿看
他们会怎样盯着你瞧!
啊,你会骄傲得不得了

我的小妹和我会手拉手
仰头看我们美丽的树
我们会跳舞唱歌
"圣诞圣诞"

（附原文）

little tree
little silent Christmas tree
you are so little
you are more like a flower
who found you in the green forest
and were you very sorry to come away?
see i will comfort you
because you smell so sweetly
i will kiss your cool bark
and hug you safe and tight
just as your mother would,
only don't be afraid
look the spangles
that sleep all the year in a dark box
dreaming of being taken out and allowed to shine,
the balls the chains red and gold the fluffy threads,
put up your little arms
and i'll give them all to you to hold
every finger shall have its ring
and there won't be a single place dark or unhappy
then when you're quite dressed
you'll stand in the window for everyone to see
and how they'll stare!
oh but you'll be very proud
and my little sister and i will take hands

and looking up at our beautiful tree
we'll dance and sing
"Noel Noel"

为什么你溜走了
（"天真歌曲"之四）

为什么你溜走了
四只爪子的小东西？
你忘记合上
你大大的眼睛。

你溜去哪儿了？
所有叶子
都像小小猫**咪**
在雨中睁开眼。

小小**猫咪**
叫作春天，
我们拍打它
也许它睡着了？

你知道吗？
当我们一不留神，
有些东西也许就
悄悄地永远溜掉。

头发乱蓬蓬的女孩采摘金盏花
（"天真歌曲"之五）

头发**乱蓬蓬的**
　　　女孩采摘金盏花
　　　　　紫罗兰
蒲公英
还有得意洋洋的雏菊
　　　　她走过美丽的野地
眼睛在说对不起
又一个人来了
　　　也采起了花

我含着微笑对你说

（"东方"之一）

我含着微笑
对你说而你
不回应
你的唇**像根弦**
绷在深红乐器上
　　　　过这儿**来**
你呀，难道生命不是一个微笑？

我唱着歌
对你说而你
不在听
你的眼如花瓶
盛满圣洁的静谧
　　　　过这儿**来**
你呀，难道生命不是一首歌？

我用灵魂
对你说而你
不稀罕
你的脸仿佛梦
锁在白色芬芳里
　　　　过这儿**来**
你呀，难道生命不是爱情？

我手持剑刃

对你说　你
沉默了
你的胸如坟茔
柔软胜于花卉
　　　　过这儿来
你呀，难道生命不是死亡？

我爱的人

（"东方"之二）

我爱的人
你的头发是一座王国
　　　那里的女王便是乌暗
你的前额是一顷鲜花

你的头颅是活泼的树林
　　　栖满沉睡的鸟儿
你的乳房是两群白蜜蜂
　　　落在你身躯的树枝
你的身躯于我便是**四月**
腋窝里走入的是春天

你的双腿是套在女王御驾的白马
是一位出色游吟诗人的弹唱
它们之间永远有一首愉悦的歌

我爱的人
你的头颅是一只匣子
　　　盛满奇思妙想的珠宝
你头上的乌发是武士
　　　不懂得失败
你肩披的秀发是军队
　　　吹着凯旋的喇叭

你的双腿是梦幻的树

它的果实是彻底吞噬遗忘

你的唇是身披红袍的君主
    它的吻是帝王的结合
你的手腕
如此神圣
    掌管了你的血液命脉
你踝上的双足是银瓶里的
    花朵

你的美中响起迟迟疑疑的笛声

    透过袅袅香烟你的双眼
那泄密的钟铃被人领会

听啊亲爱的
（"东方"之三）

听啊
亲爱的
我梦见
　你似乎想要
　逃离我　变成一朵
硕大的睡莲　横斜在
　傲慢的
　　　水塘　但是我熟谙
　你的芬芳　我骑
　一匹斑岩马　冲向
　水面　我冲下
　红马尖叫　从破碎的
　浪花里擒住你抓住你放到我的
　唇上
听啊
亲爱的
　我梦见　在我梦中你意欲
　阻挠我　变成
　一只小鸟藏在
　一株高耸的大理石树中
　在大路上我辨听出
　你的歌声　我搭乘
　猩红落日
　踩踏黑夜
　从叫人惊诧的难以置信的

25

塔上我轻松擒住你
把你抓牢
揉碎融入我的血液
听啊
亲爱的　我梦见
我以为你欺骗了
我　变成一颗
天国的星星
通过时间与空间我看见你
闭合了双眼　我驾驭
深红色千年岁月　痛苦地拱起
它们在御座前
蹒跚踉跄
在自动的月亮前苦涩
从阴沉上帝的发光的手里
我摘下你
如一颗苹果　年轻农夫们摘给他们的姑娘

你细弱的嗓音跳跃着经电线传来
（"爱情"之一）

你细弱的嗓音

　　　　跳跃着经电线传来

我突然感到

眩晕

　　　　推推搡搡吵吵嚷嚷的快乐花儿

高高蹿跳的细小火苗

簇拥在我眼前

　　　　或闪烁在我身旁

一张张雅得要命的脸

仰望

飘逸的手搁在我身上

我迷乱颠颠地曼妙舞动

跳起来

跳起来

和着众多暗淡的

　　　　星星还有**幽默的**

　　　　　　月亮

亲爱的姑娘

我太疯狂了我竟然喊叫当我听到那

　　　　　　跨越时间

海潮和死亡

跳跃着的

甜甜的

　　　你的嗓音

雨中黑暗封存了落日
（"爱情"之二）

雨中
黑暗，　　封存了
落日　我坐着
想你

这神圣的
城市是你的脸
你小小的双腮便是微笑的
街衢

你的眼睛一半是
画眉
一半是天使而你懒懒的
嘴唇浮着吻之花

还有
那里是甜蜜羞赧旋舞的
你的头发
接下来

是你　舞蹈-歌唱的
心灵。　　珍爱的
唯一的星辰

闪现了，我

想
　你

唯有一轮月亮

（"爱情"之三）

唯有一轮
月亮
在蓝色
夜空

　　爱情的水面
颤动，
静默中看不清
天国荡漾的渴望

在无星的肃穆里
黄色恋人
怀着炽热的心

立于喑哑的黑黯中
温情脉脉
而
急不可待

　　（再一次
爱人　　我慢慢
收集
你柔情的嘴唇

令人心跳的
花朵）

奇异的大海
（"爱情"之五）

奇异的大海
出自神的
双手遣送她
于世界沉眠

大地枯萎
月亮碎裂无痕
星星一粒粒
抖落入尘埃

只有大海
永恒不变
她出自那双手
她返回那双手

她沉浸于眠……

爱人，
　　　你的

灵魂
　　　在我
　　　　唇上
苏醒

人我爱你们
（"争斗"之一）

人我爱你们
因为你们宁肯擦成功者的
靴子也不打听他的表链上
吊的是谁的魂儿这会叫双方

尴尬还因为你们
在老霍华德戏院积极
为所有的歌唱喝彩那些
歌词里有祖国家乡母亲

人我爱你们因为
你们手头紧时就以你们的
智慧作抵押去买酒喝可当
你们有钱得意就不理睬

那家当铺还
因为你们不断干些
龌龊事情尤其
在自己家里

人我爱你们因为你们
永远把生活的秘密
塞在裤裆还忘了
它在那里还坐在

它上面
还因为你们总是
在死神膝盖上
作诗人

我恨你们

说明:老霍华德戏院,位于波士顿。

啊甜美自然的土地
（"争斗"之五）

啊甜美自然的
土地太经常了
那些
好色的

哲学家的
宠爱的手指又拧
又
捅

你
，科学的
淘气的拇指戳弄
你的

美丽 。太
经常了教士把
你抱上他们皮包骨的膝盖
压榨

折磨你你这威力无边的构想的
神
（然而
真心的

对于你那写诗的
情人
无与伦比的
死亡的床笫

    你回答

他们仅用

    春天）

静默之女
（"印象"之一）

静默之女
来自你躯体的
愉悦囚笼
玫瑰
　　穿过敏感的
夜
一只
快捷的鸟儿

（温柔地在
黑喑的庞大面颊之上
你的
嗓音
　播撒芬芳的礼物的
双翼
突然以双爪
护卫
太阳的透明薄纱

黎明的刺人心痛的美）

天空是一片银子
（“印象”之二）

天空是一片银子
乱**纷纷**
受**四月**的手指纠正
变化

　　为
一堆用旧的珠宝

现在它像一只蛾子

翅膀犹疑地扑扇扑扇
沿着草地撞上了房屋
撞上了树，最终，
闯入河里

山丘像伙诗人
（"印象"之四）

山丘
像伙诗人披着
华丽思想对抗
那

白昼恢宏的
   喧嚣
在金色里
忍受折磨，现在

它被击垮
崩溃了
把赤色灵魂呼入黑暗

于是
眼神阴郁的大师
走进
我的心

  甜蜜的门
摘取
那朵
玫瑰，

和杀戮的双手在一起

花
完美之极

金色蜂群

（"印象"之五）

金色蜂群
叮螫
尖塔的
白银

  祈祷的圣歌
洪钟和玫瑰花窗一同鸣响
那些淫荡丰满的钟
              一阵高

风
拖拽起
海
洋

连同

梦

幻

天空是糖果
（"印象"之六）

天
　空
　　是
糖　果　光鲜
灿烂
　秀色可餐
轻盈的
　　桃红　羞涩的
柠檬
绿　凉　凉的巧
克
力。

　下　面，
　一　节
火
车
　头　正　喷
　　　射
　　　罗
　　　兰
　　　紫

　说明：此诗的词句有两种不同的排列方式。第二种见第
420页。

（附原文）

the

    sky

          was

  can   dy   lu

minous

          edible

spry

        pinks shy

lemons

greens   coo l choc

olate

s.

   un   der,

  a   lo

co

mo

    tive s pout

             ing

             vi

           o

           lets

那时我正在思考
（“印象”之七）

那时我正在思考
在夜的松垮
口袋里怎么会有
一颗恒星一点一点

无
限
-小-
地
咬掉
吞掉

黑暗
那饥饿的
恒星
将

-最
终-
晃
动
黎明的
诱饵　推

入

永恒。那时我头顶上
一颗
流星
爆　　裂

　　　　（发出
　　　　　　干瘪的呼啸
像个闹-钟）

那时辰起身脱卸下星星
（"印象"之九）

那时辰起身脱卸下星星
是黎明了
光迈进天空的街道播撒诗篇

大地上一支蜡烛
熄灭　　　　城市
苏醒
她唇上飘一首歌
她眼里含着死亡

是黎明了
世界
向前迈进屠杀梦……

我看见街上强壮的
男人为面包卖命
我看见人们蛮横的
脸为可怕残酷无望的幸福奋争

是白昼了，

在镜中
我看见一个虚弱
男子
正在梦想

梦
镜中的梦

是
黄昏了　大地上

一支蜡烛点亮
天黑了。
人们窝在房屋
那虚弱男子躺在床上
这城市

入睡了她唇上是死亡她眼里含一首歌
时辰坠落，
披挂星星……

夜迈进天空的街道播撒诗篇

直到我的腿没入燃烧的繁花
（"印象"之十）

　　　　直到我的腿没入燃烧的繁花
　　我将蹚走出来
　　我将把太阳含入口中
　　跳入成熟的风
　　　　　　活着
　　　　　　　　闭住双眼
　　顶着黑暗冲撞
　　　　　　睡眠中我身体的曲线
　　将携带海的少女们的贞洁
　　进入温和的主宰者的指掌
　　　　　　　　我**将**结束
　　　　　　　　我肉体的神秘
　　我将在
　　　　一千年**后**复活
　　唇吻
　　鲜花
　　　　将我的牙齿嵌入月亮的白银

我的灵魂有一条大街

（"肖像"之一）

我的
灵魂有一条大街：
漂亮　皮卡
比亚式的恶作剧-得青睐-玩暧昧
装饰着
十足的毕加索
扼住树的喉咙

在这里
我的灵魂
修理她自己用了
敏锐头脑的棱镜
和马蒂斯节奏
去耍弄康定斯基金鱼

离开塞尚的
逻辑那扣人心弦的
大块肌肉，
　　哦嗬。
　　一条大街
那里有

奇异的鸟群　咕噜咕噜

说明:弗朗西斯·皮卡比亚(Francis Picabia, 1879—1953),为出生于巴黎的早期现代艺术家。

　　巴勃罗·毕加索(Pablo Picasso, 1881—1973),西班牙画家、雕塑家,是现代艺术的创始人,立体主义绘画的主要代表。

　　亨利·马蒂斯(Henri Matisse, 1869—1954),法国画家,野兽派绘画的创始人。

　　瓦西里·康定斯基(Василий Кандинский, 1866—1944),为出生于俄国、定居于德国的画家和美术理论家,是抽象艺术的先驱。

　　保罗·塞尚(Paul Cézanne, 1839—1906),法国画家,后期印象派的代表。

这简直像口棺材
（"肖像"之十）

这简直像口棺材
你死了会呆在里面，
装腔作势
亮光闪闪
还不太宽敞
　　　哦老天

门上有幅
苏丹肖像十分显眼
他的鼻子可是能够抻拉的
两侧红扑扑的是叫人愉快的
玛格达琳　妓女妈咪之类的
盖因斯伯勒招来的
　　　　　只是些玩物
　　　　　为了票子　要不要这个　不

　　侍者在桌间翩来
　　翩去像片枯叶
　　飘在毒蘑菇中间
他是最快活的男人
　　他尖尖的脑袋里藏着嫉恨
　　像四月里一坨新鲜的粪便
　　他的腿短小不中用
　　他的脚大不灵便
他古怪的手在他面前抖动，像两只蠢兮兮的

蝴蝶
他是最彬彬有礼的男人

你注意到没有墙纸是重裱的

他会点头
　　　像佛陀
　　　或谦恭地回答
我快要闷死了

于是我们一起来
喝咖啡罩着泡沫
一半-是泥浆
还不太
甜?

说明:苏丹为奥斯曼土耳其帝国(1299—1923)最高统治者。
　　　"要不要这个　不",原文为法语。
　　　"侍者",原文为土耳其语。
　　　喝土耳其咖啡时,使用很小的杯子,杯底有一层细腻的
　　　沉渣。

51

5个戴礼帽的男人
("肖像"之十三)

5个
戴-礼帽-的男人-他们-有的抽**赫尔马**
香烟 2个
下十五子棋，3个看

a 镶了金
牙 b 穿
粉色吊带裤 c
读《**亚特兰蒂斯**》

x 和 y 下棋   b
喊"侍者""嗯""咖啡"
"唔" 来一
报童，c

买了《**波司登玫瑰银**》，报童
出   a抽完了
赫尔马   点起
另一支

      x 和 y
下棋，侍者进，放
下咖啡   退
a 和 c 讨论土耳其的

新闻 x 和 y 下棋 b 吐痰

x 和

y

下棋，b 开始放一张亚美尼亚唱片

              唱

机转动

越　来　越，　慢　唱机

           停了。

b 用波斯话大骂唱机

X 赢了　撤 ax：by；c，

晚　安先　生

……

5 个戴礼帽的男人

说明:赫尔马香烟,产于土耳其。

"侍者",原文为土耳其语。

《波司登玫瑰银》,原文为"Bawstinamereekin",即
Bostonamerican(《波士顿美国人》);由于诗里的人物为中东人,发
音不准。

53

然而在另一天
（"肖像"之十七）

然而在另一
天我经过某个
门口， 雨
落下（在春天

就会这样）
道道
银色绳索从晴天霹雳
滑入泛滥的河水

仿佛上帝的花朵
牵拉黄金的
铃铛　我仰头
上望

并且
暗自思忖　**死神**
会不会用**你**机灵的手指
碰触

那粉红的蜀葵
它的媚眼从早到晚
窥视街道
一成不变　一如既往

老妇人一如既往坐在
她雅致的窗内
像参与
一桩回忆中的往事

温情脉脉　挑选的
暗示的花一如既往
在门口微笑

春天万能的女神
（"肖像"之二十）

春天万能的女神你把
粗心的甲虫和轻佻的蚯蚓
引诱进交叉的人行道
你说服擅长音乐的公猫
对他的小妞唱起小夜曲，你
在公园塞满一脸粉刺的
骑士和嚼着口香糖吃吃傻笑的
女孩，你还不满足
春天，又把金丝雀
挂于客厅窗口

春天四季中的荡妇你
长着肮脏的腿穿着泥污的
裙子，你被拖上
报春花的床榻，你的
嘴巴里是困倦，你的
眼睛里黏着梦，你的
身段懒洋洋
当你用威士忌的嗓音歌唱
    草
在大地的头颅上发芽
万千树木急不可耐

春天，
贴近了你的

乳房，垂涎
你的腿
我如此特别地
　　　高兴我的内心**呼喊**
你的到来，你的手
是雪
你的手指是雨，
我听见
花朵倾轧发出
尖叫，最要命的是
我听见你的脚步
　　　难以捉摸的脚
　　　脚执意
开着世界的玩笑，

野牛比尔

（"肖像"之二十一）

野牛比尔
玩儿完了
    他总是
      骑匹溜光水滑的银色
          种马
连崩一-二-三-四-五只鸽子什么的
              天呐

比尔是个英俊男人
    我想要知道
你有多喜欢你这蓝眼睛的小子
死神老爷

说明：野牛比尔（Buffalo Bill）是美国西部的传奇性人物，本名为威廉·科迪（William Cody, 1846—1917），曾猎杀了四千多头野牛；后从事演艺，他制作的大型节目《狂野西部》在美欧极为轰动，创造了美国西部的经典形象；至今在怀俄明州有以他的名字命名的科迪镇。

58

(附原文)

Buffalo Bill's
defunct
    who used to
      ride a watersmooth-silver
          stallion
and break onetwothreefourfive pigeonsjustlikethat
            Jesus

he was a handsome man
        and what i want to know is
how do you like your blueeyed boy
Mister Death

毕加索

（“肖像”之二十三）

毕加索
你给我们**伟大的东西**
它们
鼓胀：呼噜呼噜的肺泵出的全是敏锐激烈的心劲儿

你使我们发抖
表演总是
在单纯性的奢侈尖叫中
骤停

（从黑色
没有堵住的**某个东西**
暧昧地喷出一阵梧桐树的嘶鸣
或者

在两股**空无来处**的
嚎叫之间以循环的惊喊着的紧凑抓住
密实的尖声耳语。）
非同寻常的伐木工

你的大脑是
斧头只砍最庞大的与生俱来的
自我的树木，从
它们活跃的最大的

躯体劈下
每一分
美

你真真切切辟出了形

有人知道林肯
（"肖像"之二十九）

有人知道林肯有人**知道薛西斯**

这个人：一张受时间塑形的强悍窄脸
加一双乏味的快手，小心地
住在一条挺什么的某街 1 号

春天来了
　　那些贫瘠得一目了然的房屋

有麻烦了。　**一**个漂亮忧郁的日子
处处是平静跳跃的风
这天地间微小的思绪。
那些贫瘠得

一目了然的房屋有
麻烦了。日落时烟囱们生气地
交谈，房顶们
在柔和暴怒的光里
神经兮兮，当防火梯们和
房顶们和烟囱们　当房顶们和防火梯们和
烟囱们　当烟囱们和防火梯们
和房顶们一起快嘴快舌　那里发生了
什么事，它们

住嘴了（并且

一个接一个突然文静地变成
超然物外的玩具。）
　　　　　那时这个人

拖着糟糕的腿急匆匆
退出了挺**什么**的某街
1 号慢吞吞小心走进公园
坐

下。鸽子们围绕
那些超然物外的玩具
兜圈儿兜圈儿兜圈儿
在慢-慢-浓稠的柔弱中疯狂地兜圈儿
——。**狗们**
吠
孩子们
玩
耍
　暮色

毫无意义的美丽

还有什么叫**拿破仑**的人

说明:林肯,指美国第 16 任总统亚伯拉罕·林肯(Abraham
Lincoln, 1809—1865),在任期间主导废除了美国黑人奴隶制。
　　薛西斯(Xerxes),指波斯帝国皇帝薛西斯一世(前
519—前 465),曾发动著名的希波战争。

远离那些单薄昏睡的小城
（"后印象"之二）

远离那些单薄昏睡的小城
我看见那儿鬼祟的泡沫的针
在余光里

在蠕动的海岸穿针引线

无数无声强壮的手

把耸立的大海压向我
在余光里
倾泻它看不见的博大

喋喋不休的黄昏荒唐
死去，我只听见潮汐之翼

在余光里
在世间抽搐

月隐藏于她的发中
（"后印象"之三）

月隐藏于
她的发中。
这
天国的
百合
盛满所有梦，
已是黄昏。

雏菊和暮色
在歌唱中覆盖她的简洁
以纠结怯懦的鸟群包涵她
叫她入**深沉**，

雨
在她
肉体上
朗诵

歌唱般呢喃的珍珠。

任何一位男人都奇哉妙哉
（"后印象"之五）

任何一位男人都奇哉妙哉
是一个公式
一点烟草和快乐
加一丁点小偷的模样

任何一座摩天大楼
在早晨的放纵中鼓胀
可在黄昏里变成
说不出的脆弱的

一件玩意儿，
它绷紧了
在上升的光里
被迷惑

任何一位女人都圆滑荒谬
是屈从的静静的悬铃木一阵彬彬有礼的鼓噪
是个穿着绸衣的肉欲的圆球惹人注意
是一种虔诚的柔顺

说明：悬铃木，即法国梧桐，结实如铃。

走入奋发短暂的生活
（"后印象"之六）

走入奋发短暂的
生活：
手摇风琴和**四月**
黑暗，朋友们

我全身心大笑
进入黄色黎明
纤纤发丝的色泽，
进入女子面容般的曙光

我微笑地
滑入。　**我**
唠唠叨叨浸入
巨大朱砂池，离去；

（你想吗？）我
想，世界
的构成也许
是玫瑰和问候：

（是道别和，尘土）

剑桥女士们活在装备好的灵魂里
（"十四行诗-现实"之一）

剑桥女士们活在装备好的灵魂里
她们不漂亮长着愉快的脑瓜
 （并且，有新教教会的保佑
姐妹们不抹香水，不顾体形，心气儿十足）
她们笃信基督和朗费罗，两位死人，
对如此之多的事一律感兴趣——
这会儿下笔时人还看见
愉快的手指织着毛线，是为波兰人？
也许吧。同时几张刻板的脸羞羞议论
N 太太和 D 教授的丑闻
……如果剑桥上空某个时候
在它没有拐角的浅紫色天空盒子里，
月亮喋喋不休像块破碎的愤怒糖果，
剑桥女士们并不在乎

说明：剑桥（Cambridge），又译为坎布里奇，位于马萨诸塞州，是哈佛大学所在地。

朗费罗（Henry Wadsworth Longfellow, 1807—1882），美国著名诗人，哈佛大学教授，是剑桥也是美国学界和社交界的重要人物。

上帝作证，我要凌驾于第14街
（"十四行诗-现实"之五）

上帝作证，我要凌驾于第 14 街

第 5 大道深处咕噜作响的二头肌之上，**百老汇**
神秘的尖叫，丰富虚弱坚实愚蠢的

生活发出一丝恶臭
            （我好想

下面的东西。　辛格楼。　　**华尔街。**　　我要
险峻的嘴唇疯狂的牙齿
咄咄逼人的呲牙大笑

            给我春天的**广场，**
小小粗野的**格林威治**喷香的冒牌货

而最要紧的，是愚弄人的轻浮迷宫
那里游荡着吵闹的有色人……还有那头狒狒

那时正吃吃笑着乏味。我坐着，呷着
非凡的茴香酒。**一个模糊的**
大块头妞儿冲着卡农琴轻扭肥臀

可是哈桑嘻笑着看见一群窃窃私语的**希腊人**）

说明:第 14 街和第 5 大道均位于纽约曼哈顿;咕噜作响的二头肌,可能指位于这两条街道下方的地铁。

　　　　"下面",指第 14 街以南的曼哈顿下城;辛格楼与华尔街以及后面提到的地方都位于下城。辛格楼(Singer Building)在华尔街附近,于 1908 年落成后的第一年,曾是世界第一高楼;此楼于 1967 年拆除。

　　　　广场,指华盛顿广场公园,在第 5 大道南端。格林威治,指位于广场西侧不远的格林威治村,这一带居住着很多作家、诗人、画家和底层民众。卡明斯本人从 1923 年至 1962 年,一直在格林威治村东北角的帕金巷(Patchin Place)4 号从事绘画,1935 年起也居住在这里。

　　　　卡农琴(kanoon),为一种波斯与阿拉伯乐器,有 50—60 根琴弦。

当你接受了给你的最后掌声
（"十四行诗-现实"之十）

当你接受了给你的最后掌声，当
剧终的幕布勾销掉世界，
离开走向朦胧的寂静和沮丧
舞台将不再知道你的微笑，
那时我看见你逗留片刻
思忖他们让你扮演的华丽角色；
我看见硕大的嘴唇生动，脸色灰暗，
马格德林沉默无笑的眼睛。
那些灯做了最后一次大笑；外面街道
在黑黯里等她，那双脚曾把
男人们愚蠢的灵魂踏入金色尘埃：
她在失败的门楣停下，
她的心在微笑中碎了——她是**渴望**……

我的也如此，上帝画出的小诗

我的高个子姑娘眼睛又冷又长
（"十四行诗-现实"之十九）

我的高个子姑娘眼睛又冷又长
当她站着，又长又结实的手安安静静
搁在裙子上，她挺适合睡觉
又长又壮的身体充满惊喜
像根白色揪魂的钢丝，她笑起来
一个又冷又长的微笑有时候让
快活冲刷我全身撩拨起渴望，
她眼里那弱弱的骚动轻易就折磨得
我的不耐心到了极限——我的姑娘又高
又韧，两条细腿像藤蔓
在花园墙上打发一生，
慢慢去死。　　当我们不祥地上了床
她的腿开始抬起纠缠
我，吻我的脸和头。

什么曾是玫瑰

（"十四行诗-非现实"之一）

什么曾是玫瑰。　**香水**？　我竟然
忘了……或者不过是犹疑升起的**音乐**

暮色
　　　然而这里有些东西更成熟的
孩子气，几乎比你更美丽。

假如不是花儿，悄悄告诉我谁

是这些在梦里出没的人总是拘谨地
冷脸上似笑非笑，蹑手蹑脚地
纯粹运动，还有点自高自大——

不是女士吗？　我梦里的女士
她们的生活仅仅是以洁白的手指
触摸玫瑰。
　　　或者更好，
　　　　　女王们，女王们淡淡笑着
王冠闪耀远方的色彩，

　　　努力思考着
乌有之事以及曙光最爱抚摸谁

在柳树边祝愿，俯身溪流之上？

这是花园：色彩来来往往

（“十四行诗-非现实”之九）

这是花园：色彩来来往往，
薄薄的蔚蓝在黎明前从夜的羽翼抖出
静静强壮的绿沉着逗留，
纯粹的光像金色雪的沐浴。
这是花园：泛滥的朦胧中
噘起的嘴唇吹响泠泠长笛，歌唱
（竖琴震颤的琴弦发出天籁之声）
无形的脸缓缓浮上心头。

这是花园。时间定将收割
死神的刀刃上休憩无数蜷缩的花朵，
在别的土地里唱别样的歌；
然而**它们**站在这里心花怒放，置于
迟缓深沉的树林里，永久睡眠
银色手指的喷泉窃夺了世界。

(附原文)

this is the garden： colours come and go,
frail azures fluttering from night's outer wing
strong silent greens serenely lingering,
absolute lights like baths of golden snow.
This is the garden： pursed lips do blow
upon cool flutes within wide glooms, and sing
  (of harps celestial to the quivering string)
invisible faces hauntingly and slow.

This is the garden. Time shall surely reap
and on Death's blade lie many a flower curled,
in other lands where other songs be sung;
yet stand They here enraptured, as among
The slow deep trees perpetual of sleep
some silver-fingered fountain steals the world.

在那些梦后的瞬间
("十四行诗-非现实"之十)

在那些梦后的瞬间
我梦见了你眼里稀有的欢乐，
那时我（痴到幻想）还以为

有了你独具的语言我的心变得聪明；
在那些瞬间呆滞的黑暗抓住

你微笑的真实幻影
（总是透过泪水）沉默铸成了
如此的生疏　属于我的小小片刻；

那些瞬间当我灿烂的怀抱
再次拥满迷恋，当我的胸膛
披上不可抗拒的你的魅力的光辉：

这一动人的瞬间纯洁胜于一切

——从睡眠的美丽谎言中醒来
我注视白天的玫瑰越来越艳。

我看到了她一朵隐秘娇弱的花
（"十四行诗-非现实"之十二）

我看到了她一朵隐秘娇弱的
花与它的闺蜜们走行于光
之死亡，迎着她肉体的丰满曲线
品味细细芬芳的苛刻骰子；
我注视到在她青春的角落里
某些花瓣急切渴望；她暴烈的腼腆，
温柔的野蛮，绝美的愤怒
乱纷纷绽放，把苍白的
喧闹置于精确的月亮……
穿过庄严的花园她的胴体
会向我走来，带着百合花伤人的
性感味道……在夜的丝滑的浓浓眩晕之后
月亮如一座漂浮的白银地狱
如一首青春的象牙色的歌

一阵风吹走了雨

（"十四行诗-非现实"之十八）

一阵风吹走了雨
吹走了天空和所有树叶，
树矗立。我想我也了解
秋天久矣

    （你必得说些什么，
风风风——你可曾爱过谁
在你心里可存有某地的花瓣
采摘自默然的夏天？
        哦发疯的
死亡老爹为我们残酷起舞

最后一片树叶开始在最后一阵风
的头颅里旋转！）让我们看，如我们已见
群集的毁灭……一阵风吹走了雨

和树叶和天空
树矗立：
      树矗立。那些树，
突然依着月亮的脸庞等待。

当我的爱人来看我
("十四行诗-真实"之一)

当我的爱人来看我这
恰好有点像音乐，更
有点像弯曲的色彩（比如
橙黄）
　　　衬着寂静，或黑暗……

我爱人的到来在我心里
散发一股奇妙气味，

你该看见当我转身去找
她，我孱弱的心跳怎样开始强烈。
接着她全部的美成为一种罪孽

她平静的嘴唇突然屠杀起我，

然而她的微笑使我僵硬的身体那工具
突然干得漂亮又恰到好处

——接着我们便是**我**和**她**……

那手摇风琴奏出的是什么

真逗，你会在某天死去
（"十四行诗-真实"之二）

真逗，你会在某天死去。
你的嘴唇头发眼睛，我是说
那独特又神经兮兮的隐晦

需要；真逗。　它们都会死去

嘴唇好色地噘起，深玩，
揉按　粗野模糊的激情凝视
——死去——还有暗金精美的硬币……
草，和星星替代我的肩膀。

这是件很逗的，事。　你会

我会所有的日日夜夜都在意
有太阳月亮来敲击猛戳猛拉
入迷……战栗（不知胜过我

多少倍你会喜欢雨的面孔和

风的玄而又玄的手吗真逗）

心灵是自己的美丽囚徒
（"十四行诗-真实"之四）

心灵是自己的美丽囚徒。
我的心灵长久凝望痛苦的月亮
在暮色里展开她簇新的翅膀

然后，一个下午，体面地吊死他自己。

他看到的最后的物件是你
在没有赤裸的物件中赤裸着，

你的胴体，一头简洁的棍棒似的野兽，
慢慢溜达，血徒然呜呜鸣叫；
你的性，吱吱响，像一根台球杆
自己擦着白垩粉，为了不发生错误，
怪癖地自发地有条有理。
他突然品尝了虫豸窗户和玫瑰

他笑了，合上眼睛如同一位姑娘
在镜子上合拢她的左手。

让我们活着突然不去思考
（"十四行诗-真实"之六）

让我们活着突然不去思考

在忠诚的树下，
　　　　小溪
便是这样。灵巧翻卷的波浪
的大脑追逐海岸
狂暴的梦。　在午夜，
　　　　　　月亮
搔抓整齐山丘的皮毛

锐利的虚无开始修剪

让我们活着如同迷魂的光
让我们如同寂静，
　　　　因为**混乱**在一切后面：
（在我身后）亲爱的，在你身后。
我偶尔感到懵懂多么
懵懂我茫然不知
此时是矛**彼时**为箭
弄得我们的言词有的火爆，有的夸张

你的是音乐，不为乐器演奏
（"十四行诗-真实"之七）

你的是音乐，不为乐器演奏
你的是丰盛的色彩，不为瞩目

——我的是一股买不来的傲劲儿
直到这我们的肉体
        （如果我作了歌

太阳会无动于衷
雨也满不在乎
      它谨慎地延长
不严肃的暮色）形影不离的人开始了

毛发的虫豸硕大，沉迷，热烈……

你的是我没写的诗。

就这我们至少胜过了死神，
阒静，骤然放空后

美好和谐的光……我的嘴"他
吻得浑身颤抖"

        或许姑娘如此想

说明："我的嘴"，原文为意大利语。

83

我的爱在修造一座建筑
（"十四行诗-真实"之十二）

我的爱在修造一座建筑
围绕你，一所诱人的难以捉摸的
房屋，一所结实脆弱的房屋
（始建于你奇异地绽开

微笑）一所精巧粗野的
监狱，一所精确笨拙的
监狱（把那个和这个筑入它，
围绕你满不在乎的魅惑嘴唇）

我的爱在修造一座魅力十足的，
看不见的魔塔（如我猜测）

当**死神农夫**（精灵们恨他）

揉碎唇上的串串鲜花
他不会摧毁我的塔，
　　　　费尽心机的，漫不经心的

被围绕在那里的微笑
　　　　逗留

　　　　没有声息

也许这感觉是当头一棒
（"十四行诗-真实"之十三）

也许这感觉是当头一棒
银色的鱼，她的胴体
四肢，干脆叫人惊喜，

这些年我的青春就是冲她而去

撒网诱捕她羞怯的
心灵至我的心　我

来到小小的领地响应她

青春的允诺。
　　　　如果有人听到
我的话——就让他去遗憾：
因为我已经单独走遍
那充满奇迹的森林，
我的脚当然知晓
那些喧腾的路与宁静的路，

因为她美丽

我的女人进入画框
（"十四行诗-真实"之十五）

我的女人在暮色里
赤裸着进入画框是场意外

她的美轻易毙掉了天才的
    意象——
            在这音乐前
绘画完全感觉羞愧，
诗歌彻底恐惧不能走近。

这样谈论她的美妙，与此同时
我（怀里搂着

这幅画）慢慢加速

进入我的嘴巴，品尝精确的拘谨的
凶猛
    节奏
        实际的
懒惰。 吃下价值所含的

可以想象的姿势

准确 暖人 厉害

和［与］

&［AND］

（1925）

卡明斯在巴黎；1920 年代

风是一位姑娘
（"后印象"之一）

风是一位姑娘长着
明亮细长的眸子（她

飘荡）在日落时分
她-触摸-山丘
没有任何缘由

（我和这位不容置疑
精力旺盛的人物谈过话"你
是风？""是""你为何触摸花朵
仿佛它们没有生命，仿

佛它们是些理念？""先生，因为
在我头脑里开花会在笨拙之极的
伪装下犹犹疑疑，显得
娇弱优柔

——不去猜想这些了
没有任何缘由，另外
玫瑰和山丘
都与我不同　我是急切的

飘泊者飘过万象更新的世界"
和我说着那）风是一位姑娘
穿着绿裙，她；触摸：田野
（在日落时分）

以此为例
（"后印象"之二）

以此为例：

假设衬着深夜的色彩
衬着一种深于黑黯的颜色（这
便是我自己是**巴黎**是万
物）明亮的
雨
发生了，深沉，美丽

而我（就在窗口
在这深夜）
　　　　　深深地完全地
无缘由地感受着雨的意识
或者更是**某个人**老练地使用屋顶街道
制造一种可能的漂亮声音：

假设一座（也许吧）钟敲响，在活跃的
凉爽中，极其微弱
最终穿越了洋洋洒洒曼妙的雨

一种色彩来临，是清晨，**啊别吃惊**

（就在白昼的边缘）我肯定
作了第一百万首诗，它不会完全
错过你；或者假设我必定创造出
一千个自我中的一个，姑娘，那是你的微笑。

巴黎；这四月的日落彻底喷薄
（"后印象"之三）

巴黎；这四月的日落彻底喷薄；
明朗宁静地喷射于一座大教堂

它高耸瘦削肃穆的门脸
面前的街道被雨水洗得年青，

簇簇得意洋洋的玫瑰花
在天空的万里钴蓝中盘绕
屈从着意会着
暮光的
　　紫色（它纤纤降临，
她眼里优雅地携带危险的第一批星宿）
人们在温柔来临的朦胧中

忙碌往来恋爱
看！（那弯新月
突然充满冷不丁的白银
这些被撕开的金属片的口袋和恳求的神色）这儿
那儿柔软懒懒的妓女
夜，和某些房舍

争辩

设想生者是位长者
（"后印象"之八）

设想
生者是位长者头戴着花。

年轻的死者坐在咖啡厅
笑着，拇指与食指间
夹一张钞票

（我对你说"他会买花吗"
"死者还年轻
生者穿法兰绒裤子
生者走路摇摇晃晃，蓄着胡子"我

对你说，你无话。——"你看见
生者了吗？　他在那里这里，
他是那位，是这位，
或者他不在或者是位长者，各三分之一
睡着了，他头上有
花，总是对着无人
大喊什么
玫瑰花矢车菊
　　　　是的，
　　　　　　他会买吗？
漂亮的靴子——哦听着
，不贵"）

91

我的恋人慢慢回答我也这么想。　但是
我想我看见另外一个人

有一位女士，名字叫后来
她正坐在年轻死者身边，苗条；
爱花。

说明："玫瑰花矢车菊""漂亮的靴子""不贵"均为法语。

我将迁入她胴体的大街

　　　　我将
迁入她胴体的

大街感受围绕我的车水马龙的
可爱；肌肉-沉湎于喘　息突
　　　　然
间　　　触碰
　　　　　那曲曲弯弯
　　　　　　　　她的-
……吻　她的手
　　　　会接着玩，我如
陈　腐的曲调或枯　叶从丑树
飘下

　　　　或许如曼陀林
　　　　　　　看-
　　　鸽群飞翔

盘（那-一刻和着阳光：是，春，天，
春）旋-
盘旋黑色的盘-旋

在
　我的
　　小街之上

你
将
来到那里，

　　　就着黄　昏
很（快会升起
　　　　月
）亮。

春天像一只莫名其妙的手

春天像一只莫名其妙的手
（从**玄虚里**小心翼翼
伸出）捯饬起
一扇窗户，人们向内窥视（在
人们眼皮下
小心翼翼捯饬，挪腾
那里一款新奇
这里一件熟物）

小心地变换一切

春天像一只莫名其妙的
手，在一扇窗户里
（小心地来来
回回搬动**新**欢和
旧爱，在
人们眼皮下小心地
在这里移动
莫名其妙的一片花儿
在那里放入
一丝儿风）还

不曾损坏什么。

谁知道月亮是不是一个气球

谁知道月亮是不是
一个气球，来自天上一座
漂亮的城市——住满美丽的人？
（你我是否应当

进去，他们是否
会带我带你进入他们的气球，
啊那么
我们就会同所有美丽的人高飞

高过房屋尖塔和云：
飞呀
越来越远，飞进一座漂亮的
还不曾有人造访的城市，那里

永远
　　是
　　　春天）人人都在
恋爱，花儿采摘花儿

我喜欢我的身体当它和你的身体在一起
（"十四行诗-真实"之七）

我喜欢我的身体当它和你的
身体在一起。**它**焕然一新。
肌肉更强壮，神经更敏锐。
我喜欢你的身体。我喜欢它的动作，
我喜欢它的方式。我喜欢触摸
你的脊背和它的骨头，还有那颤抖着的
-结实-光滑，我愿意
一遍一遍又一遍
吻它，我喜欢吻你这里那里，
我喜欢，慢慢抚摸，你带电的皮毛上
令人激动的茸毛，以及分开的肉体上
涌出的什么-什么……还有双眼大大的爱的珠粒，

或许我喜欢那颤抖

在我身下你焕然一新

(附原文)

i like my body when it is with your
body. It is so quite a new thing.
Muscles better and nerves more.
i like your body. i like what it does,
i like its hows. i like to feel the spine
of your body and its bones, and the trembling
-firm-smooth ness and which i will
again and again and again
kiss, i like kissing this and that of you,
i like, slowly strok ing the, shocking fuzz
of your electric fur, and what-is-it comes
over parting flesh ... And eyes big love-crumbs,

and possibly i like the thrill

of under me you quite so new

等于 5

Is 5

(1926)

卡明斯:手持速写本的自画像

我的舅舅索尔

没有人会失去所有时间

我有过一个舅舅
叫索尔他生来是个失败者
几乎人人都说他应该进
歌舞团这也许是因为我的舅舅索尔

在圣诞节鬼嚎的晚上能唱《麦凯恩是个潜水员》
这能或者不能说明事实即我的舅舅

索尔纵情享受那可能是最不可原谅的
用一个夸张的词
奢侈
那就是办农场
无需多言了

我的舅舅索尔的农场

办砸了是因为鸡
吃光了蔬菜
于是我的舅舅索尔办了个
养鸡场后来
黄鼠狼吃光了鸡

于是我的舅舅索尔
办了个黄鼠狼饲养场

但是黄鼠狼着凉感冒了，
死光了，所以
我的舅舅索尔
以一种难以捉摸的方式效仿黄鼠狼

跳进游泳池淹死了
但是有个人曾经送给我的舅舅索尔
一台维克多牌留声机和唱片
选了个吉日良辰为他办了
一场一丝不苟的葬礼就别提虚华了
有戴黑手套的高大男孩有鲜花应有尽有

我记得我们都哭得像密苏里河
那时我舅舅索尔的棺材倾倒了
因为有人摁了按钮
　（我的舅舅
索尔
掉了下去

办了一处蛆虫饲养场）

说明:《麦凯恩是个潜水员》,为爱尔兰裔美国人歌曲。
　　黄鼠狼,学名黄鼬,皮毛可用于制衣。

颂诗

啊

可爱的老佬姥
他们统治这个世界（我和你
一不小心便被
纳入其中）

啊，

亲爱的仁慈的迟钝的
他——和她——
形同蜡像塞满了
僵死的念头（啊

不可思议的亿亿个
神圣没牙的双足动物
走路踉踉跄跄却
总是-对别人的-闲事-那么-那么

感兴趣）啊
亲爱的秃头的
无事生非的
老

佬姥

说明：标题为原有。

我的叔叔

我的叔叔
丹尼尔内战时战斗在
军乐队他敲三角铁
棒得像个魔鬼）我的

叔叔**弗兰克**很多年除了
放风筝什么都不干
有一天
线断了（或别的什么事）我的叔叔**弗兰克**
哭得死去活来。　我的叔叔**汤姆**

织毛衣耳朵上别个洋娃娃（可是

我的叔叔**埃德**
他
糊涂了

跟着一只小阉狗
在**布雷德街**上到处跑

仅次于上帝我爱的当然是美国

"仅次于上帝我爱的当然是美国
你这朝圣者的国度还有还有哦
你能借着清晨的曙光看见我的
祖国吗多少世纪来来往往
它没有什么我们应当担心的
你的儿子们甚至聋子-和-哑巴
以每一种语言欢呼你光荣的名字
哇-天呐-哎呀-天啊-哦呀
谈什么美丽还有什么比这些
英勇快乐的死者更美丽
他们像狮子冲向咆哮的屠杀
他们没有停下来想想就死了那么
那么自由的喉舌应当沉默吗?"

他发言。　**还**迅速喝了杯水

说明:"你这朝圣者的国度""哦你能借着清晨的曙光看见",分别引自歌曲《我的祖国是你》和美国国歌《星光灿烂的旗帜》。

听着

听
着

你知道我的意思当
第一个小伙子倒下你知道
每个人觉得悲伤或者
当他们在几颗毒气弹里
还有哦宝贝在榴霰弹里投掷
或者我的脚不知不觉冻僵或者
你知道在水里有什么发生在你身上或者
臭虫爬得到处都是到处爬满
你我每一个人彻底完蛋
那是那里尽人皆知的事情
我是说该死的是许多
人不知道永远
永远
不会知道，
他们不要

知
道

来，和我一同注视

来，和我一同注视
这五彩玻璃大厦，看
他母亲的骄傲，他父亲的欢乐，
责任低声对他说

"你必须！"他回答"我能够！"
——男孩挺立在那里，穿戴整齐干净
目光流露他曾畅饮
生命的美酒享受那芳香——

他坚毅的蓝眼睛含着泪水，
他坚定的苍白嘴唇浮着微笑，
只有一个念头：去拼去死
为上帝为国家为耶鲁

在他决意的金发头顶上
招展着神圣的真理大旗
这上流阶层的美国人
正处于他青春的灿烂年华

清白无瑕地挺立在世界面前：
怀着男子汉的心与自由的意识，
情绪激动的纯洁姑娘
在她家门前的台阶上

与他狂吻，心存爱意的亲戚们

予他款待，全家合影
人类的儿子出发去打仗
伴着喇叭声声和花柳病

我亲爱的老老老老老姑姑露西

我亲爱的老老老老老
姑姑露西在最近的战争期间

能够做更多地做了
什么　告诉你吧
她正和每个人一样

奋力而为，
我的妹妹

伊莎贝尔织了好几百双
（还有
好几百双）袜子就别提
防跳蚤衬衣暖耳
等等手套等等，我的

母亲希望

我会勇敢勇敢勇敢
牺牲当然我的父亲总是
用变哑的嗓子谈论怎样才是
一种殊荣并且他还
跃跃欲试而那时我

自己我我我平静地躺在
深深的泥泥泥

泥泞
  （梦着，
梦
梦梦梦着，
你的笑容
眼睛膝盖还有你的**什么什么什么**）

　　说明：此诗多处有"etcetera（等等）"一词，如第一、第二行
"my sweet old etcetera∕aunt lucy"，译者试将该词前面的词加以重
复以译之，并非表示结巴。

里斯本

几位哲人会出自内心的善意告诉我
在阳光里，在**卡尔其达什**的这座小山顶我该做什么？
山下远远的海边一个白衣小姑娘转圈儿，
  跌倒了；在沙子里打滚儿。
对岸，蜂拥的色彩：棕色和白色推推搡搡，
  万千点点的窗户和房屋——**里斯本**。在午后
  的天空里，像台打字机闪闪发亮。
有人赶山羊绵羊走在弯曲的小路，小路
  辟入粉红的山崖，山崖倾斜耸出黄绿水面。

他们在午后，在下面海边盖一栋房子。

一只红蚂蚁在我小手指上快速旅行。
一只鸟在树上叽喳，在哪儿 没哪儿
还有白衣小姑娘在沙子里
打滚儿
  云
在我上方像伙新郎

光裸爽朗

   （在这儿荒唐吧**我**；生命，隐隐出现穿着衣裳。
   我全然犯傻，我突然用十指
   攥出个拳头
声音从远远的山下腾起——
嘘。

阳光，
    我告诉你在我身后有几位长者；难以
      置信地，打瞌睡

    说明:卡尔其达什(Calchidas)，位于里斯本南边特茹河的对岸。特茹河在此接近入海口，很宽，常被人误以为是海。

    里斯本坐落在七座小山上，因此这里描写为在"天空里"。

    "在哪儿　没哪儿"，原文为"somewhere nowhere"。

地中海

阳光笼罩
我们的嘴巴恐惧心肺胳膊希望手足

我们下方是缄默的**地中海**蔚蓝
超越我们的想象
几声呼啸飘过
高空
一面帆一艘钓鱼船某位看不见的瞭望者,
也许某些似有似无的人在隐隐发笑

在远离我们的下方嬉戏走动

树丛里可能是一座别墅
看起来像一面风筝的碎片,这里
和这里反射着
阳光
　（到处阳光强烈绝对
寂静

到处是你,你的吻你的身体念头呼吸
在我身旁身下萦绕）
　　　　　　　慢慢

一个庞大的身形背着天空海洋耸起

……终于你的眼睛懂了

我，我们冲对方微笑，放松躺下，注视着
（四仰八叉，
在悬崖上
草地里）曾经的某种别的东西
小心缓慢致命地进入我们的心……

就在那烈火的正中整个

世界变得明亮，一丝丝融化。

月窥入我的窗口

月窥入我的窗口
触摸我　它那小小的手
弯曲的婴儿般的手指
它懂我的眼睛脸颊口唇
它的手（滑动着）觉到了我的领带
贴着我的衬衣游移　进入我的身体
细小的手指触碰那些敏锐之物我的心和命

小小的手猛然撤回

它们开始安静地玩弄一只纽扣
月笑嘻嘻　她
放开我的衬衣
穿过窗户爬行
她没有降落
她顺风爬行
　　　　在房屋
　　　　　　顶

一束青嫩的光出自东方
一股脑儿扑向她

这里有只小老鼠

这里有只小老鼠）他
在想什么，我
好奇　就在这地板
上（闪着贼亮的眼睛

平静地）游荡（没人
能说什么因为
没人知道，为什么
这里，还有**这里**一声动静，
打（破）着房间的**安静**）这像
一首最小的
诗
（有极小的耳朵，看见了？

尾巴一晃）
　　　　　（溜了）
"老鼠"，
　　　你和我，**我们**

不一样，由于这里有个小小的他
或是
它
？（或是我们以前在镜子里看到的什么玩意儿）？

所以我们会要接吻；也许

那消失的家伙
藏进了我们心里
它 （看到） ，吓了一跳

尽管这件件物品还散发生气

尽管这件件物品
还散发生气叫人动情，**命运**
（用白皙修长的手
正在理平每一道衣服皱痕）
将会完全抚平我们的心

——离开我的房间之前
我转身，（整个上午都在
俯身）亲吻
这个床枕，亲爱的
这上面曾枕过我们的头。

既然感觉第一

既然感觉第一
谁那么在意
事情的程式章法
他就绝不会全心全意吻你；

当**春天**降临世界
我要全心全意做个痴心人

姑娘我以天下的鲜花起誓
以我的热血证明
亲吻比智慧
是更佳的运气。**别**哭
——我的头脑最好的状态
也比不上你眼睫的扑闪，它们在说

我们是天生一对：那么
笑吧，回到我的怀抱
生命不是一段文字

我想死亡不是一段插曲

有人求朋友们赞美

有人求朋友们赞美
可我自有别的办法
我创作使用曲线
色彩，角度，空白
达到一个不那么荒谬的终极）

我是你的雕塑家
塑出你肉体的风韵：
是你手腕的乐手；
是诗人唯恐
错写隐藏于

你发丝间的诗句，
　（你操动
指尖的方式）
　　　　　　是

你嗓音的画师—
除去这些

显然什么都不是……因此，姑娘
我很满足也许
我雕出的东西会
激起你的雅兴或者

我画的什么（它自然

而然）会在你唇上
创造出一抹笑容
（羞涩
但愿一首诗会将你双眼的
奇异国度带给我，
天赐的碧色黎明）

假设我曾梦见

假设我曾梦见）
白天激发的唯有想象，
你是一座房屋
我是围绕它的一股风——

你的墙壁琢磨不出
我的生命怎么就奇异地弯曲
他能做的最好的事
是不被觉察地窥入窗户

——听，（抛开一切）
梦不是谁的傻瓜；
如果这风　它是我　小心地
围绕你这房屋搜索

喜欢如此，或如此，
如果在这关闭的房屋里
光亮会绽开鲜花
或传出欢笑的火花

你心灵各个角落
永不会猜到我奇妙的嫉妒
有多么黑暗（可怜的风
将会一圈一圈漫步

你像雪只是更纯粹

你像雪只是
更纯粹更敏捷，像雨
只是更可爱更柔弱你

肯定
像某种花只是颤抖着（胆怯
害怕
失去　在你最微小的姿态里
活跃着伤害的技巧）因为

瞬间后
一切散去，全无存留
包括诗歌包括笑声
啊我的姑娘
（还有一切新鲜奇妙活着的生命）

因为我和你走在归于尘土的路上

你的柔弱
（然而主要是你的笑容
极其突兀地是一种
爱与死的联姻）你给了我

勇气
以对抗自己
在苦涩日子里徒然的伤感：

我也不惧怕那个
这个，我们称之为的秋天，聪明地
死去，在成熟的世界上徘徊
在他嘴上挂着
悭吝而谨慎的微笑（让

一切倏忽变老，用他为难的眼睛
把一切美丽的事物
推入睡眠
彻底进入）

隆冬，它将被**春天**杀戮

没有谁在他的扣眼里插一朵黄花

没有谁在他的扣眼里
插一朵黄花
他彻底是个古怪家伙
他年轻年老一个样

当秋天来了，
他捻弄着白色拇指
轻快走卜林荫大道

不穿大衣不戴帽

——（我只是好奇为什么那会使他
高兴或者我好奇他是干什么的）

为什么（在这躯干底部，
在肮脏衣领下面）仅仅
片刻
（或
许是一年）之前我发现有一朵小小的

枯萎的黄玫瑰瞪着我的脸

我的心和你的已久久在一起

我的心和你的已久久在一起

我们交缠的胳臂驱逐
黑暗　簇新的光芒发出
增强，
你的神魂已经走入
我的吻　像个陌生人
走入小城的街衢和色彩——

也许我已遗忘了
究竟，**爱情**（从
这些血和肉的
匆忙粗鲁中）总是
创造**他**最渐缓的姿态，

切削生命进入永恒

——然后我们分开的自我成为博物馆
巧妙地塞满记忆

我永远是个乞丐

我永远是个乞丐
在你神魂里乞讨

（微微笑着，隐忍着，不言语
在他胸口有个
标志
盲人）是的，我

就是这个人，不知为何
你从来没有彻底摆脱（他

要求不多
只需要有足够的梦
赖以活着）
　　再怎么样，孩子

你不妨
扔给他几个念想

最好给一点爱，
你不能搪塞给别人的
任何东西：比如
一个
老掉牙的承诺——

这样他可能会（听见有什么

扔进他的帽子）用手指
去摸索；直至

找到
那扔下的东西
　　　　他自己
溜-溜-溜出你的大脑，希望与生活

（小心地转一个
街角）再不打扰你。

触摸着你我说（这是春天

触摸着你我说（这是**春天**
是夜）"让我们在这最后的路上
走得更远一些——有什么东西等待发现"

你笑着回答"所有东西
都化为别的什么，错过了……
（这些叶子和着月光**煞有介事**
我总是很有点害怕"）
　　　　　　我说
"沿着这条特别的路如果你留神
那月亮在跟随我们像条大黄狗。**你**

不信吗？　　回头看。（沿着我们身后的
沙滩，一条大黄狗它……现在是红的
一条大红狗它可能有主谁
知道呢）
　　　　　　你只要些微转身。　对。

有月亮，有某件东西又忠实而疯狂"

沿着记忆中冷漠危机四伏的光亮街道

沿着记忆中冷漠危机四伏的
光亮街道我的心来了，唱着
像个白痴，嘟哝着像个醉鬼

他（在某个拐角，突然）遇见了
我脑瓜里的高个子警察。
　　　　　　醒着
没有在睡，在别处开始做我们的梦
现在都泡汤了：可那年结束了
他的生活像个被遗忘的囚徒

——"这儿？"——"啊不，我亲爱的，这儿太冷"——
他们走了：一阵风沿着这些花园飘荡挟着
雨和树叶，空气里充满恐惧
与甜美……停。（一半-在嘟哝……一半-在唱歌

摇晃永远微笑的木马）

那时你在巴黎我们相遇于此

说明：第10行的对话及后面的"木马"，原文为法语。

129

W[万岁]

W[ViVa]

（1931）

卡明斯在画室中,詹姆斯·沃森摄,1930 年

空间（别忘记记住）是弯曲的

空间（别忘记记住）是**弯曲的**
　（这提醒我有人说过啊是**弗罗斯特**
有种**东西**不喜欢墙壁）

是有电磁的（现在我迷
糊了）**爱因斯坦**扩展了**牛顿**定律保存了
连**续性**（可是以**前**我们读过那个）

当**然**生命仅仅是一种**反射**你
知道由于**每个事物**都是**相对的**或者

归纳**一切**即上帝**死了**（不要

提已经**埋葬的**）
　　　　　　万岁那得**仰视**的
安详光明并且**赐福的**
造物主，人：
　　　　他的仁慈手指的
一个极小弯曲，地球上最可怕的

四足动物就晕倒在台**球**里!

　　说明：弗罗斯特，即美国诗人罗伯特·弗罗斯特（Robert
Frost, 1874—1963）；"有种东西不喜欢墙壁"，为其诗《补墙
（Mending Wall）》的首行。
　　　　四足动物，指大象；这是卡明斯最喜欢的动物。

在一个房子的一个中间

在一个房子的一个中间
站着一个自杀的人
闻着一个**纸**玫瑰
对一个自己笑

"有个地方是**春天**
有时候人是真实的：想象
某地真实的花，不过
我不能想象真实的花假如**我**

能，不知怎么它们就
不**是**真的了"
（于是他笑了
笑着）"不过片刻之后

无论在哪里对于你
我不会是真实的了"
这是个金发碧眼的人
长着纤小的手

"一切都比**我**
想过的容易一切应该
如此；甚至记住一个人第一眼
看一个人的神情，这人怎样跳舞"

（一个月亮浮出一个云

一个钟敲响午夜
一个手指扣住一个扳机
一个鸟飞入一个镜子）

日落）天际迅疾变为绝境

日落）天际迅疾变为
绝境（此
外，我注意到
巨大的不幸

那些微微倾斜的街道
朝向暮光
从最后的塔群慢吞吞

涌出人群；被捕获：于
冬天

　　的

仄仄光线中）这是
把希望揉碎
封存的季节，听；脚（脚
j－i－a－o－永－远－无－处－投－奔

万千（芬芳）色彩

万千（芬芳）色彩

（始现）
之

一（而且）
而且
（渐渐）渐渐（浓郁）变幻出

多种色调亲密喧闹
（化为）冲击
心灵进入
梦乡（一个）飞快地

不是

一　二　三
在那里
　　　死去

挺立（幽魂。）
同时（弥漫于环绕的空气）绽放

说明:"一二三　在那里",原文均为法语。

136

(附原文)

An (fragrance) Of

 (Begins)
millions

Of Tints (and)
&
 (grows) Slowly (slowly) Voyaging

tones intimate tumult
 (Into) bangs
minds into
dream (An) quickly

Not

un deux trois
der
  die

Stood (apparition.)
WITH (THE ROUND AIR IS FILLED) OPENING

只要有天堂我的母亲定会有

只要有天堂我的母亲（全凭她自己）定会有
一座。**那**不是三色堇的天堂也不是
娇弱的铃兰的天堂而是
深红玫瑰的天堂

我的父亲（深沉如一株玫瑰
高挑如一株玫瑰）

将挺立靠近我的

在她之上转动
（静静的）
眼睛那其实是花瓣并且

以一位诗人的脸什么都不看
那其实是一朵花不是一张脸
用双手
悄悄说
这是我深爱的我的

　　　　　（突然在阳光中
他会点头，

整个花园会点头）

星期天我在月光下遇见一个人

星期天
我在月光下遇见一个人。
路上
他笑着
一言不发（但是
就在他肮脏的夹克

衣领旁有两只马虎粘上的耳朵
在
那张脸　一只皮肤的
盒子上两只眼睛像
崭新的工具）

由此我猜测他也曾爬过平西安
在夜色降临时欣赏罗马；还因为
顶着这墙壁他诚实的白色小手
以及令人猜疑的手指

不能精细活动
，像死去的孩子们
（如果他曾经拉小提琴我就

曾经跳舞：这是
为什么有些事提醒我他是我们的）

如同小人物慢慢从远方来到这座城

说明:平西安(Pincian),意大利罗马东北部的一座山丘,山上有古罗马时代建的城墙。第一次世界大战期间在此曾发生战役。

　　"死去的孩子们",指牺牲的士兵。

你在冬天坐着

你
在冬
天坐着
边死边想
蜷缩在肮脏
玻璃窗后脑袋
里挤满乱糟糟的
梦（有时透过没清
洗的窗子空洞凝视着
一场热闹的骚动，粗野
杀气腾腾的脸匆匆走过，喘着
气。）"在这个季节人是行尸走肉"
他想"他们的结局多少是明摆着，
相比天下的芸芸众生们轻快忙碌地操持
他们的丑陋生活，一种更加彻底的简单，一
种更加强烈残酷的无用，叫人吃惊却又
自然而然，多么别扭"他默默蜷缩在
三两扇部分透明的窗后，它无情地
隔开了一团静止的魂与一百个
命里要匆忙的头脑（他
三三两两怒冲冲走过，
喘着气）在冬天你
想着，慢慢死去"嘀
嗒"如我曾经看
到树木（叶
子隐藏于

黑黝黝
的身
躯

(附原文)

you
in win
ter who sit
dying thinking
huddled behind dir
ty glass mind muddled
and cuddled by dreames　(or some
times vacantly gazing through un
washed panes into a crisp todo of
murdering uncouth faces which pass rap
idly with their breaths.)　"people are walking deaths
in this season"　think　"finality lives up
on them a little more openly than usual
hither,　thither who briskly busily carry the as
tonishing & spontaneous & difficult ugliness
of themselves with a more incisive simplicity a
more intensively brutal futility"　And sit
huddling dumbly behind three or two partly tran
sparent panes which by some loveless trick sepa
rate one stilled unmoving mind from a hun
dred doomed hurrying brains　(by twos
or threes which fiercely rapidly
pass with their breaths)　in win
ter you think,　die slow
ly　"toc tic"　as i
have seen trees　(in

whose black bod
ies leaves
hide

再过来一点——为什么怕——

再过来一点——为什么怕——
这里是最初的星辰（你有个愿望?）
在我们死去之前
抚摸我，
（相信现今发明的一切没有什么
能够玷污这或这个瞬间）
亲吻我：
天空
变暗了倒很有生气——
哦和我一起活在
这最少的颜色里；
有点孤独
却总是远离了死神的手

以及**英语**

当头发掉了眼睛花了

当头发掉了眼睛花了**并且**
大腿遗忘了（当钟悄悄说
夜高声喊）当头脑
枯竭心脏**分分秒秒**变得
更衰弱（当一个早晨**记忆**醒来，
用笨拙干巴的手指
清空青春的颜色　是什么
进入弄脏的镜子）**治病**的**药丸**
（一个处方对抗**大笑的童贞的死神**）

最亲爱的，那时
树怎样**制造**叶子
云怎样破开露出日头
山**矗立海不眠**　都
无所谓；那时（那时只有手
这样说是由于它们还总是
摸摸搓搓某张上了年纪的脸
它看得很少笑得很多
或者草有什么感觉鱼有什么想法）

146

如果我爱你

如果我爱你
（亲昵意味着
世界栖居了漫游的
表情严峻明朗的神仙

如果你爱
我）距离被小心呵护
为全然梦幻的
无数格言照亮

如果我们彼此（难为情地）
相爱，那么云彩飘飞或者
花儿悄悄秀出美丽
皆逊色于我们的气息

姑娘你是否愿意

姑娘你是否愿意和我进入
我心中袖珍的
大厦。　**时钟**敲响。　月亮

溜圆，透过窗户

你看我真的没有
仆人。　**我们**差点就住

在了这些楼梯的顶端，那里
有一个空闲的房间。　**我们**
（你和我）差点走进一间共同的洁白宽敞
只要如果如此这般

慢慢我推开一孔
微窗，月亮（戴白色假发
佩抛光的纽扣）会带你离开

次日——所有时钟停摆。

有个地方我从未去过

有个地方我从未去过，很高兴
没有半点经验，你的双眼自有种沉静：
你最柔弱的姿势里有些东西包裹了我，
或者它们靠得太近我不能触摸

你稍微一瞥就会轻易打开我
尽管我已关闭自己好似合拢的手指，
你总是一瓣一瓣地打开我
（老练神秘地触摸）像**春天**绽开她的第一朵玫瑰

或许你的愿望是关闭我，我和
我的生命会非常漂亮猛然地闭合，
就像这花的心里正在想象
雪小心到处飘落；

这世上我们要感触的东西都比不上
你动人的柔弱具有的威力：它的质地
还有它各处的颜色逼迫我
去死，永远奉献出每一次呼吸

（我不了解你，它关闭又打开；
只是我内心有种东西懂得
你眼里的语言深过一切玫瑰）
没有人，连雨也没有这样的小手

(附原文)

somewhere i have never travelled,   gladly beyond
any experience,   your eyes have their silence:
in your most frail gesture are things which enclose me,
or which i cannot touch because they are too near

your slightest look will easily unclose me
though i have closed myself as fingers,
you open always petal by petal myself as Spring opens
  (touching skilfully,   mysteriously)   her first rose

or if your wish be to close me,   i and
my life will shut very beautifully,   suddenly,
as when the heart of this flower imagines
the snow carefully everywhere descending;

nothing which we are to perceive in this world equals
the power of your intense fragility: whose texture
compels me with the color of its countries,
rendering death and forever with each breathing

  (i do not know what it is about you that closes
and opens; only something in me understands
the voice of your eyes is deeper than all roses)
nobody,   not even the rain, has such small hands

是否会有一朵花

是否会有一朵花（我
随处遇见它）
堪是　似是
如此彻底地柔软如同你的发

何样的鸟具有完美的恐惧
　（突然遇见我）如同这些
初次的最深的罕见的
非常的　那是你的眼

　（是否会有一个梦
来自百万英里之外
来赴它的归宿
羞涩胜于你会露出的笑容）

因为我爱你

因为我爱你）昨夜

裹着海藻
出现在我面前
你的神思飘忽
暗笑着无用的
珍珠海草珊瑚石砾；

浮起，（在我眼前
下沉）向内，逃去；温柔地
你的脸庞微笑胸腔发出
死亡的咕噜声：只是被淹没

再次小心地通过深处升起
你的胳臂
腿脚手

悬浮着
　　再次完全消失；
优雅地冲出急速地爬出
我的梦　昨
夜，你的全部
身体和飘忽的神魂
（仅仅裹在

潮汐的惊涛骇浪里，呢喃

如果你和我醒来

如果你和我醒来

发现（莫名其妙
在黑暗里）这世界
已被摘掉，像一株
三叶草，从没有

时间

的绿草地摘掉；平静地
　　　　　　你
转身向我
你的眼睛是猜得透的镜子

你会与我交谈

不止两次一切
如此
温情脉脉
那时我们还睡着那时
我们彼此消失：但是我

淡淡

微笑，
慢慢再次进入

非凡的王国

（睡眠）
　　　。那时还有
某个东西
忙碌吻着
一个
记忆，它多么优雅地
拍击翅膀

于无拐角的明天

没什么比这更加真正美妙

没什么比这更加真正美妙
独自呆在房间，和某人还有
某事）
　　　你走了。　有笑声

和绝望　那是街道

我探出窗户，注视鬼魂，
　　　　　　一个男人
在公园搂着一个女人。　**结束了。**

接着轻轻地（为什么？　唯恐我们懂）
我听着某人轻轻
爬上楼梯，小心
（小心地爬着一段铺了地毯的楼梯又
一段铺了地毯的楼梯。　在寂静中爬着
铺了地毯的恐怖楼梯）

我持续看着某个物件

慢悠悠吸着一根香烟（在镜子里

不谢

No Thanks

(1935)

卡明斯于 1930 年代

小城之月

月　越上小城之月
悄无声息
的造物　辽阔
中寻觅

亮　完美无瑕的亮
初上
漂荡　孑孑然
最梦幻

月亮　唯有它
在小城之上
慢悠悠　抽摄
魂魄

（附原文）

mOOn Over tOwns mOOn
whisper
less creature huge grO
pingness

whO perfectly whO
flOat
newly alOne is
dreamest

oNLY THE MooN o
VER ToWNS
SLoWLY SPRoUTING SPIR
IT

死了一种不善的死

死了一种不善的死

矮小的
大人物
不慌不忙
忙碌
不属于男人

　（！　你的
西班牙大帆船
残破了
渐：
　　渐；渐，渐

弯
　曲了
像，像，像变质的，像
糖果；而且你

死了
船长）

备忘录1
妻子未必在
地狱备忘录
1儿子
未必在耶鲁

小小的人

小小的人
（行色匆匆
满脑子
忧虑重重）
站住　停下　遗忘　放松

等候

（小小的孩子
他尝试过
他失败过
他哭泣过）
勇敢地躺下

睡觉

大雨
大雪
大太阳
大月亮
（赐予

我们）

草蚱蜢

　　　　　虫-廿-曰-乍-子-十-皿-虫
　　　　它
此）刻正（在我）们
注视下聚

　　　　　曰子乍虫廿皿虫十
　　　　　　合成（为
一只**生灵**）：腾
　　　　　　　起
　　　　！ 跳：
跃　　　　　　　　　到
　　　　（了
到了到了　　　　。**乍子虫廿皿曰虫十**）
　　　　　　　　　　　它
重（变）整（成）姿（为）态
，草蚱蜢；

　　说明:草蚱蜢(grasshopper)，一般译为蚱蜢。这一词在诗里共出现四次,在前三次,作者将构成此词的 11 个字母的顺序打乱,并分别采用小写、大写、小写与大写相间排列。

（附原文）

                r-p-o-p-h-e-s-s-a-g-r
        who
a) s w (e loo) k
upnowgath
        PPEGORHRASS
                eringint (o-
aThe) ：l
    eA
    ! p：
S   a
        (r
rIvInG   . gRrEaPsPhOs)
                    to
rea (be) rran (com) gi (e) ngly
,   grasshopper;

他不必非有感觉因为他思考

他不必非有感觉因为他思考
（别人的思想，能够理解）
他不必非要思考因为他知道
（你以为好的事情全都糟糕）

因为他知道，他不能理解
（为什么琼斯不还我他明知欠我的账）
因为他不能理解，他喝酒
（他喝酒他喝酒他喝酒）

并非不加掩饰。（咳嗽。）两只暗淡难捉摸的小眼睛

在一张破败的小噘嘴上获得平衡
（漂亮的牙齿走进走出）
生命，你是否含有一个奇迹不这么奇特
胜于这位名叫史密斯的死者？
　　　　　　　已婚　躺平
恐惧；好寻衅还是：美国人

我的灵魂

我的灵魂
进入
一个真实的
弧形物体

感觉一切
琐碎消失了
邪恶地琢磨
这漂亮的庞然大物

天空啸叫
太阳死了）
船昂首
在铁灰的海洋

呼吸着高峰饕餮着
陡峭
船攀爬在
呢喃的银色山峦

它
消失了（
唯剩下
夜

穿行于这夜的

唯有一个强大物体
它的乘客和领航员
是我的灵魂

行动深入地

行动
深入地，雨
（梦想　辽阔地）希望
坚实地。　灿烂推进的色彩

撞
入形体
（其实）真实
杀戮

（制作
奇特地）已知（建设
崭新的）来，了不起的
人们！　打开我们打开

我们
自己。　创造
（突然宣布：激烈）
盲目完整生猛的爱情

我说的男孩没有教养

我说的男孩没有教养
他们走路带的姑娘吹牛骂人
他们不会为了运气做一回爱
他们一夜上她们十三趟

一个把帽子挂上她的奶头
一个把十字刻在她的脊背
他们不会为了才智拉泡屎
我说的男孩没有教养

他们带来的姑娘骂人吹牛
他们不会读书不会写字
他们大笑起来好像身子要爆开
他们打起飞机劲头十足

我说的男孩没有教养
他们不会侃这聊那
他们不会为了艺术放个屁
他们杀起人来像你撒泡尿

他们脑瓜里有什么就说什么
他们裤裆里有什么就干什么
我说的男孩没有教养
他们跳起舞来地动山摇

有时在）春天

有时
　　在）春天某人会躺下（盯着
熟悉的事物看它们
随黄昏新颖变幻）好奇这颗星星
没有坠入他的脑海
　　　　　感觉
渗透无知的正在消失的我
激烈浩大的爱情（有时在春天
在介于现实与可能的某个地方
未知的最秘密我将呼吸如此原始的
完美如没有时间的生命关头
那心跳）
　　　强有力　忘记一切
一切也将忘记他（清空我们
空洞的灵魂）以魔力灌注
不死生命的每一个毛孔直到平静
霹雳过后的寂静。
　　　　　　并且（夜爬上天空

雨　燕

雨（
　越过！　黄金的

圆溜溜
　）燕黑
黝黝（圆）黑

动－静－飞－栖－行

止？
　那
　（逆光的
是
）滑

翔的

　（是）一
只

鸟，

（附原文）

swi (
　　across! gold's

rouNdly
　　) ftblac
kl (ness) y

a-motion-upo-nmotio-n

Less?
　　thE
　　(against
is
) Swi

mming

　　(w-a) s
bIr

d,

在黄昏

在黄昏
　　　正当
光里充斥鸟群
我一本正经
开始

去攀登那最棒的山，
黑葡萄酒在发力。
在我眼后村庄
不动

那些风车
静默
它们扁平的胳臂
沉着地抗议西方

一只**钟**阴沉地喊着
九点，我在藤蔓中跨步
（我的心追逐着
小小的月亮

这里那里一只云雀
　　　　　它；腾起，
又；坠落
仿佛拴在看不见的线上）

一块墓地梦回萦绕着
它那些杂乱易碎的符号，或者是
一块土地（我停下来
周围是割倒的小生命的气味）啊

我的魂儿你
跌倒
爬起
    强大　命中注定

我看到怎样从海里升起
土地　**牛**清晰地走动，一只
黄-蓝色猫（怎么那么**蜷曲**地
栖在这）窗口；哎

女人们坚定漫步在我
心里，总是和落日
交织，
蟋蟀在我体内低声私语

它勃起的血液最终
战栗，出现，觉察
被埋葬在悬崖
    确切地说

在这条路的**尽头**，
神龛里的一支蜡烛：
它弱小的火苗挺过了
大海的震撼

多么骄傲的一匹梦之马

多么骄傲的一匹梦之马（平静隐隐出现）通过
（踏步）这疯狂沸腾的城市
咆哮尖叫的街道美妙的

花朵还有哦它们抛出的光

在黑暗处打开锐利的孔洞以新颖描画眼眸
触碰手这些惊呆了那些（刺穿衣裳思想狂吻
希望肉体）受惊的腼腆蠢蠢欲动渺小的
饥渴向往爱情春天渴望艳遇
绝色美丽
　　　旁边一位衣衫褴褛的瘸腿
男子无声呐喊向着
　　　　　——品尝过美丽知晓了
绝色嗅到了艳遇——悄悄离开舞蹈孩子鸦片
指着赤橙黄绿白蓝紫——
色

　　哦多么骄傲的一匹梦之马行走（它的蹄子
几乎踏在空中）。　此刻它停下。笑。他
　　　　　蹬脚

耶和华被埋葬了，撒旦死了

耶和华被埋葬了，撒旦死了
恐惧者崇拜多与快；
恶不被人感到是坏，
它自以为善不过是温顺；
顺从说滴滴，服从说答答，
永恒是一个五年计划：
如果欢乐与痛苦吊死在监牢
谁还敢称自己是一个人？

无梦的恶棍依靠黑人政府官员过活，
你的哈里是汤姆，你的汤姆是迪克；
当诡计谋杀了告密者和瘾君子，
相同的迷信全都漂亮；
整洁与干净的工具
被用以衡量干净与整洁：
如果犹太人劝说犹太佬亲吻懒虫
谁还敢称自己是一个人？

骗子高声为真理辩护，
争自由的奴隶会咔嚓一声立正；
那里蠢人神圣，诗人疯狂，
杰出的废物为进步尖叫；
当灵魂违法，心灵患病，
当心灵患病，头脑无能：
如果仇恨是游戏，爱情是骗局
谁还敢自称是一个人？

175

基督王，这世界全部崩漏了；
没有一位生命保护者：
唯有他能走行在波涛上
他敢于称自己为人。

说明：耶和华为《圣经》中上帝的名字；撒旦为《圣经》中的恶魔。

"滴滴,答答(toc,tic)",为钟表指针的跳动声。

1928 年,苏联开始执行五年经济计划。

倒第 2 行,根据《圣经》,基督曾在加利利海的水面行走。

爱情是一片天地

爱情是一片天地
通过这片爱情的天地
运行着
（充满宁静光明的）
所有天地

唯诺是一个世界
在这个唯唯诺诺的世界里
生存着
（巧妙躬身的）
全部世界

钟

(zh

  oNg

    钟?

      开始

-敲响（人群-涌来：脸孔
到；了　走了。脸孔生（动）
抽泣　钟
钟

（妇人们

    倾诉

      （心事）

        任由自己

扑入）钟群猛敲（教堂张开大口
吸吮人群）钟声盘旋（黯-
然（飞扬
进

（zh

  ong 钟 Z

    hon

      G 钟）

-入太阳（轰鸣）。街道

闪闪
发光
趾高：气扬；色彩：缤纷，流动

哦不
  -可-
    能
      的

花儿喧哗
花儿繁华
zhonG 钟 zHong
！呼喊）

 （zh
  ongzh
    ong）
      zh
       （zho
          ngzhong）
             ong
              （zhong）

179

（附原文）

   (b
    eLl
      S?
        bE

-ginning (come-swarm：faces
ar; rive go. faces a (live)
sob bel
ls

  (pour wo
       (things)
             men
                selves-them

inghurl) bangbells (yawnchurches
suck people) reel (dark-
ly (whirling
in

  (B
    ellSB
      el
        Ls)

-to sun (crash) . Streets

glit
ter
A , strut; do; colours; are; m, ove

o im
       -pos-
             sibl
                   y

  (ShoutflowereD
flourish boom
b el Lsb El l
s! cry)

  (be
      llsbe
           lls)
                 b
                   (be
                       llsbell)
                              ells
                                  (sbell)

爱的作用是制造无知

爱的作用是制造无知

（已知即是无望；而爱，是满含的希望）
生命生活于错乱的边缘，同质窒息了个性
真理被世相混淆，鱼为钓鱼而自豪

人被虫子捕捉（爱可以满不在乎
即使光阴蹉跎，日光暗淡，万般努力摧折
也无奇迹让一个思想重如一颗星宿
——垂死的恐惧最少；较少，死亡会终结）

相爱的人多么幸运（无论将会发现什么
他们自己将会坚守）
他们的无知让每一次呼吸敢于隐蔽的
远胜于最高的智慧怯于看到的

（谁欢笑，哭泣）谁梦想，创造，毁灭
当万物运行；每一部分静静站立：

鸟群在此营造出风

鸟群（
　　　　在此，营
造出风
借
）用

黄
昏薄（
暮
　浩
　　浩荡
　　　荡无边
无

垠。此）刻
看
　（已成
幽灵；
且：听

其
　声）如
　　　游
丝
化
　（

入缥缈

（附原文）

birds（
　　here，　inven
ting air
U
）sing

tw
iligH（
t's
　　v
　　va
　　　vas
vast

ness. Be）look
now
　　（come
soul;
&：and

who
　s）e
　　voi
c
es
　（

are

ar

a

无人能把月亮卖给月亮

　　来（你们所有行恶的
　出谋划策的人策划出
恶行）你们所有

有罪的
　流氓（扔炸药的杂种）
　　让认知的魔法
连同光明的信条愚弄每个可除去的人

　（生命效仿八卦惧怕无生命的
平–
　庸，
　　成功于不
　　　死）

　　这仍将发生；鸟群消失
　于是乎：雷霆作诗
不是因为危害对称
　地震海星（而是
　　因为无人
　　　能把月亮卖给）月亮

新诗

New Poems

(1938)

雾的手指

在
雾
的
手指

慢

抚
摸
之
下

慢

何物
化
入
何人

慢

人
化
为
无

(附原文)

un
der fog
's
touch

slo

ings
fin
gering
s

wli

whichs
turn
in
to whos

est

people
be
come
un

永恒之国

（关于永恒之国我要说
可爱的痴呆儿围聚在一起
他们不敢站或坐
于是他们统统躺下）

打倒人类的灵魂
与任何不能装进罐头的东西
因为在永恒之国
人人随身携带开罐器

（因为永恒之国是这样一个地方
一切尽可能地简单又简单
它是简单如我们的人们
有目的地建造起来）

打倒地狱和天堂
和所有宗教的争吵
无限取悦我们的父母
哪怕一英寸也看上去很好

（永恒之国是这样一个地方
它规范安全知名
这里它的幸运即是不幸
希特勒与科恩一起躺倒）

首先要打倒爱情

与一切堕落的事情
当所有人应该感觉不那么糟糕时
它却让某些人感觉更美妙

　（在永恒之国
只有相同才是正常
一支烂雪茄是个女人
一条腺体只是一条腺体）

说明："永恒之国"，原文为"Ever-Ever Land"。

幸运意味着发现

幸运意味着发现
衣袋的**破洞**
花起钱来
衣袋就不幸运

是笑声
而不是金钱幸运是
呼吸
生长做梦

死亡爱情不
害怕吃饭睡觉消磨时光
还有有你我很幸
运我们幸运非常

幸运
最
幸
运

也无女人

也无女人
     （天刚开

始下雪他就
消

  失
    了留
    下它

    笔直
    撑立在
    这个否
    则会

  空荡
  之极的公园
  走了的人再

    不能伤害什么
      阒
        寂
也无儿童）

　　说明：有学者认为诗里的"他"指无家可归的人，"它"是该人的遗体。

(附原文)

nor woman
(just as it be

gan to snow he dis
a
ppeare
d leavi
ng on its

elf pro
pped uprigh
t that in this o
ther w

ise how e
mpty park bundl
e of what man can

't hurt any more h
u
sh
nor child)

有个人说我的专业是活着

有个人说我的专业
是活着（他不能挣到面包
因为他不愿出卖他的头颅）

警察马上不耐烦回答
在一条裤子里
有二十亿阴虱（它们死了）

我对地狱说那没关系

假如我

或者别的家伙不知道
它的她的他的

我的下顿饭在什么地方
我对地狱说
那没关系（假如

他她它所有家伙
没用我抬一根手指头
就吃撑了肚皮
我对地狱说

我说那没关系）但是
假如有个人
或许就是你　美丽
奥妙　大方　代替
我说话的是

口哨　尖叫　咒语
超级大声（大过宇宙
射线　战争　地震　饥荒

或者谁谁的前王子跳进
什么里打捞无名小姐的

什么手袋）因为我说那没

什么了不起（要我）宝贝不（懂我）讨厌的
屁孩那是别的什么事儿我亲爱的（我觉得那是

真的）

愿我的心永远对小鸟敞开

愿我的心永远对小鸟敞开
它们是活着的秘密
任它们唱什么都无与伦比的美妙
如果有谁不想聆听他就老了

愿我的心灵四处流浪
无知而无畏　渴望而敏锐
哪怕在礼拜天我也会犯错
有谁何时一贯正确了他就不再年青

愿我做的事毫无用处
爱你自己比真爱还要深
从来没有这样的蠢人不会
用一个微笑扯下天空套在他身上

波吉和波季

波吉和波季
坐进一个月亮里)

黑得赛过梦
圆得像勺子
二人制造寂静

二由一构成

"快下雪了"
他们假装鸟坐着

长羽毛的生灵
（他们必须去睡觉了）
没长翅膀的东西

说明:"波吉和波季",原文为"porky & porkie"。

你年青快乐你将凌驾一切

你年青快乐你将凌驾一切。
如果你年青，无论你过什么生活

它将成为你；如果你快乐
那生气勃勃的一切将成为你自己。
少女-少男除了少男-少女什么都不需要：
我能完完全全仅仅爱她

她的任何神秘会叫每个男人的肉体
有了增长的空间；他的头脑卸掉了时间

你应当想过，上帝可以禁止那个
（托他的仁慈）饶恕你真正的爱人：
那样一来知识成了谎言，胎儿的坟墓
被称为进步，虚无是死去的不死。

我宁肯向一只小鸟学习怎样歌唱
也不愿教一万颗星星如何不跳舞

50 首诗

50 Poems

（1940）

卡明斯在家中

！　黝黑之色

！　黝黑之
色
抗拒
着

（煞）

白的天空
？　树
树树
从树

上落

下
，
一片
叶

子：；跳

起
婉转
回旋
之

。舞

如果你不能吃饭你得抽烟

如果你不能吃饭你得

抽烟　我们不是没有
什么可抽的；得啦小子

我们去睡大觉
如果你不能抽烟你得

唱歌　我们不是没有

什么可唱的；得啦小子
我们去睡大觉

如果你不能唱歌你得
去死　我们不是没有

什么值得去死的；得啦小子

我们去睡大觉
如果你不能去死你得

做梦　我们不是没有
什么可梦见的（得啦小子

我们去睡大觉）

你肯教一个坏蛋

（你肯教一个
坏蛋行得
比一根针还直吗）

问
　她
　　问
　　　何时
　　　　（问接着
　　　　问
　　　　接着问
再三地）问一个
尖声矮小的
人她在
雨
中
拉小提琴

（你吻过一个
姑娘吗她的乳头
像粉红的顶针）

问
　他
　　问
　　　何人

206

（问接着

问

接着问

再四地）问一个

简单

疯狂的

家伙

在雪里

大声唱歌

驯一头牛拼命干活的法子

驯一头牛拼命干活的法子
不是给你自己搬一把凳子
而是绕着那地界划一道线
并且管它叫傻傻的美人

是用为什么乘以因为
用现在除以然后
并且加上并且（我明白）
怎样驯一群牛拼命干活

驯一头牛拼命干活的法子
不是扬起你的鞭子
而是往牛槽里丢一枚硬币
并且像头公牛一样吼叫

是拿古希腊的花环
放在牛的脑门
（同时向汤姆叔叔的小屋投炸弹）
就这样驯一群牛拼命干活

驯一头牛拼命干活的法子
不是先推它后拉它
而是实践用功读书的艺术
宣讲黄金的法则

是投票给我（所有正派的男士

女士如果他们不去和牛折腾
他们都会允许）
就这样驯一群牛拼命干活

说明："傻傻的美人"，原文为"beautifool"。
　　《汤姆叔叔的小屋》是美国作家哈里特·比彻·斯托
（斯托夫人）于1852年发表的一部反映黑人奴隶生活的长篇小
说。但书中并无"投炸弹"的情节。

一封信起始为"最亲爱的我们"

看，一封信起始为"最亲爱的我们"
没有署名：格外简短却包含了
一个完整的发生在最近的远处的奇迹

"我真诚地邀请我
唯独成为你本人　敬启"

她不会读写，月亮。雇用了
一位非常疯癫的酷似小丑的家伙
这位飞脚幽灵到处替人信笔瞎写

——名字吗除非我弄错了　蝙蝠——
他的语法实在糟糕；可是如此这般

塞勒涅公主不知一件事情
她太忙太忙做她的美人　是的
地点是现在
　　　　让我们接受
　　　　　　　（那时间

永远，你将会穿上你银制的鞋

说明："蝙蝠"，原文为法语。
　　　塞勒涅(selene)，古希腊神话中的月亮女神。

此地曾是一座小城

有一个此地

此地曾是一座
小城（小城

如此沧桑海洋
漫步于街道如此
古老房屋进入

人们如此孱弱孱弱的人们
如若坐下便进入睡眠）
这光如此暗淡群山
长出自

天空如此接近大地没有
睁开她的
眼睛（然而
孱弱的是人们孱弱
是如此聪明人们

记得自己的出生）
那时
如若没有什么消失他们
便会永远消失他们空前

绝后比多更

多几乎最多
比屏弱更弱是个寓言

他们比这些更少是最少他们
即是我（在那时之外那里之后下面

之下）

这些所谓的人若没长心

这些所谓的人若没长心
他们会怎样？ 他们所谓的心会想
这些所谓的人没有头脑然而假如
他们有他们所谓的头脑不会生存

然而假如这些不生存的头脑获得生命
这些生命不能开始生活也就是呼吸
然而假如这些生命能够呼吸那会发出臭气

还有灵魂为何灵魂是整体而非局部
然而所有这些成千上万的
所谓的人如果乘以双倍的
无限也永远不能等于一）

你的和我的百万个自我可以
通过唯一的爱的神秘获得满足
那时每一颗太阳围绕它的月亮旋转

当自由是顿早餐饭

当自由是顿早餐饭
真理能和对与错共同生存
鼹鼠丘是用大山造就
——够长了，就这么长吧
薪水将看上去像是租金
天才将要取悦能干的歹徒
水最能激发起火焰

当帽架生长为桃树
希望在秃子的头发上舞得最欢
每一根手指都是脚趾
每一腔勇气都是恐惧
——够多了，就这么多吧
不纯洁的家伙将以为万物纯洁
大黄蜂将被孩子螫得痛哭

当眼观四面的人都是瞎子
知更鸟从不欢迎春天
或者傻瓜证明他们的世界不是圆的
咚咚敲响而叮叮还不停止
普通成为稀罕，里程碑漂浮
——够啰嗦的，就闭嘴吧
明天还不会太迟

当虫子都是动词而欢欣都是声音
哪个走向南方，谁人来到北边

胸将是胸，腿将是腿
行为不能梦见梦之能所为
——时间是棵树（这条命是片叶）
然而爱是天空，我是为了你
够久的了，那就再见

说明：鼹鼠，俗称地爬子。鼹鼠丘为鼠窝上方的土堆。

215

随便一个人住在一个很那个的镇上

随便一个人住在一个很那个的镇上
　（那里群钟上上下下漂漂荡荡）
春天夏天秋天冬天
他歌歌他的未为他舞舞他的已做。

女人和男人（都是小不丁点儿）
压根不在意随便一个人
他们播种他们的异类他们收获他们的同种
太阳月亮星星雨水

小孩猜猜（实在很少
他们长大长大他们忘了忘了
秋天冬天春天夏天）
越来越无人喜欢他

时间全凭现在　大树全凭树叶
她笑笑他的快乐她哭哭他的悲伤
雪儿衬出鸟儿　平静衬出动荡
随便一个人的随便什么都归了她

有些人嫁娶了他们每个人
笑笑他们的哭泣跳跳他们的舞蹈
　（睡眠唤醒希望　然后）他们
说起他们的失望睡出他们的梦想

星星雨水太阳月亮

（只有雪儿能开始解释
孩子们怎么就容易忘记去记忆
群钟上上下下漂漂荡荡）

我琢磨有一天随便一个人死了
（无人屈尊亲亲他的脸蛋）
人们忙忙碌碌把他们并排埋了
一点一点　了了了了

越来越全　越来越深
他们越来越梦想他们的睡眠
无人和随便一个人　土地全靠四月
希望全靠精神　假如全靠确定。

女人和男人（全都干活拼命）
夏天秋天冬天春天
收获他们的播种 他们来了又去了
太阳月亮星星雨水

(附原文)

anyone lived in a pretty how town
  (with up so floating many bells down)
spring summer autumn winter
he sang his didn't he danced his did.

women and men (both little and small)
cared for anyone not at all
they sowed their isn't they reaped their same
sun moon stars rain

children guessed (but only a few
and down they forgot as up they grew
autumn winter spring summer)
that noone loved him more by more

when by now and tree by leaf
she laughed his joy she cried his grief
bird by snow and stir by still
anyone's any was all to her

someones married their everyones
laughed their crying and did their dance
  (sleep wake hope and then) they
said their nevers they slept their dream

stars rain sun moon

(and only the snow can begin to explain
how children are apt to forget to remember
with up so floating many bells down)

one day anyone died I guess
 (and noone stooped to kiss his face)
busy folk buried them side by side
little by little and was by was

all by all and deep by deep
and more by more they dream their sleep
noone and anyone earth by April
wish by spirit and if by yes.

woman and men (both dong and ding)
summer autumn winter spring
reaped their sowing and went their came
sun moon stars rain

这些孩子在石头里唱着石头的沉默

这些孩子在石头里唱着
石头的沉默　这些
小小的孩子藏在石头里
花儿永远开放

这些沉默的小
小孩子是花瓣
他们的歌是一朵花
藏在他们永远的石头

花丛中　它们在沉默地
唱一首
比沉默
更加沉默的歌

这些孩子永远
在歌唱用歌唱的花朵
编织花冠　石头的
孩子他们开花的

眼睛
懂得该有一棵
小小的树
永远

在听孩子们永远在唱

一首歌一首
沉默的歌沉默得
如同石头

爱是一切的唯一的上帝

爱是一切的唯一的上帝

他曾说这个地球如此欢乐博大
人，即使全是些渺小悲惨的
东西，可以挖掘他宏伟的短暂

因为爱意味着回到开端
海洋的歌唱如此深沉有力

一泓询问的波浪纯洁向往
从每一个最后的海岸回到年青的家乡

天空如此真实完美
轻轻呢喃仁慈的爱
你的眼眸成就了它的光明

每一颗星星都不可限量

起来步入寂静

起来步入寂静青色的
寂静，这里有洁白的大地

你会（吻我）来

出去步入早晨新鲜的
早晨，这里有温暖的世界

（吻我）你会来

继续步入阳光朗朗的
阳光，这里有充实的白天

你会来（吻我

沉入你的记忆
一个又一个记忆

我）吻我（会来）

爱情比忘却浓

爱情比忘却浓
比回忆薄
比含泪的挥手稀罕
比失败更加常见

它梦幻如月亮
最疯狂　它不少于
全部的海洋
只比海洋更加深沉

爱情总比胜利少
但绝不少于活着的生命
它并不大于最小的开端
也不小于宽宏大度

它灿烂如太阳
最明智　它的不朽
胜过全部天空
它比天空更加高远

(附原文)

love is more thicker than forget
more thinner than recall
more seldom than a wave is wet
more frequent than to fail

it is most mad and moonly
and less it shall unbe
than all the sea which only
is deeper than the sea

love is less always than to win
less never than alive
less bigger than the least begin
less littler than forgive

it is most sane and sunly
and more it cannot die
than all the sky which only
is higher than the sky

仇恨吹出一个绝望的气泡

仇恨吹出一个绝望的气泡进入
巨大的世界宇宙　然后爆破
——恐惧把明天埋葬于悲哀
而昨天来临，鲜嫩年青

欢乐和痛苦不过是表面
（一个显露，一个隐藏）
两者都不是生命唯一与真正的价值
爱制造出硬币的微小厚度

难道来到这里的人就该来自死亡夫人
时光停滞，永无冬春？
她会亲手编织那个灵魂
（如果他不歌唱）就对他一无所予

亲爱的，对于我们多少才多于
足够。　如果我歌唱你是我的歌声，

碧绿舞蹈于骷髅之上

碧绿**舞**

蹈
于骷髅之上（他）曾经

年轻昂扬
衣衫飘拂蹒跚
老去（其

上草木
新芽）一群
朝气的
漫游者

记
忆
绝对
清
晰

破碎
的眼
-孔他从中
发出（孱

弱的）

227

笑人的
无限虚无

的
人

人

说明：卡明斯于 1955 年 6 月 25 日的一封信中就此诗写道：
这首诗是关于"春天的到来：自然的永恒对比人的生—死（以一
个人的颅骨为象征）"。

228

（附原文）

grEEn's d

an
cing on hollow was

young Up
floatingly clothes tumbledish
olD (with

sprouts o
ver and) a-
live
wanders remember

r
ing per
f
ectl
y

crumb
ing eye
-holes oUt of whe
reful whom (leas

tly)

smiles the
infinite nothing

of
M

an

坐在一棵树里

(坐在一棵树里－)
啊小小的你
坐在一棵树里－

坐在树顶上

骑着一片翠绿

骑着一片嫩绿
(啊微微的我)
骑着一片树叶

啊小小微微的人儿
唱着丁点的事儿
跳着细微快乐的舞

(满树阳光祈祷)

1×1 ［1乘1］

1×1 [One Times One]

(1944)

卡明斯在画室窗口，David Dunham 摄

一个政客是一个屁股

一个政客是一个屁股
人人都在上面坐过，除了君子

（附原文）

a politician is an arse upon
which everyone has sat except a man

可怜这个忙碌的怪物，人非类

可怜这个忙碌的怪物，人非类，

不。 **进步**是一种舒适的疾病：
你的受害者（死亡和生命安然在那里）

以他的渺小与庞然大物游戏
——电子神化一把剃须刀片
成为山脉；棱镜将非希望

延伸 通过弯曲的时空直到
非希望返回它的非自我。
　　　　一个制造的世界
并非一个诞生的世界——可怜卑微的肉体

和树木，卑微的星星和石头，但决不是
这超级魔力的超级全能的

优良标本。 **我们**医生知道

一个毫无希望的病例——听：下一道门
是一个美好世界的地狱；让我们去

说明："人非类"，原文为 manunkind。下文里还有"非希望"（unwish），"非自我"（unself）。

"电子"，指电子显微镜；在 1942 年 6 月 1 日出版的《生活》(*Life*) 杂志上发表了三幅剃须刀片的照片，第一幅为实际大小，第二幅为光学显微镜下的成像，第三幅为电子显微镜下的成像，其刀刃呈峰谷相间排列状。

"弯曲的时空"，为爱因斯坦的理论。

（"火阻止了偷窃帮助了谋杀拯救了世界"

（"火阻止了偷窃帮助了谋杀拯救了世界"

什么世界？
　　　　难道属于这些低贱的昆虫？
当渺小的尖叫搅乱了
比永恒还要博大的天界的
宁静，人将成为救世主
　　　　　　　　——啪啪跳的
草蚱蜢，很快就会一干二净；
尖叫，全部尖叫的家伙，等你们叫嚣完了
就会在人的奇迹里消失）

当山的枫树流泪干涸到出血，山问
"给一个幼小如我的孩子
你有什么能让他可做可为？"
上帝用一片雪花对他悄悄说"是的：
现在你可以入睡，我的山"于是山沉入睡眠

那时他的松树扬起绿色的生命笑了

一不是半个二

一不是半个二。　二才是一的两个一半：
那两个一半重新结合，将发生的
不是死亡和任何数量；而是超越了
所有可计数的绝大多数，实际还更多

头脑无视这严峻的奇迹
这确凿的真理——提防无情的他们
（给他们解剖刀，他们就剖开吻；
或者，卖给他们理性，他们就不会做梦）

一是魔鬼和天使唱的歌：
凡人所讲的全部杀人的谎言构成二。
让撒谎者丧气，偿还被他们借去的生活；
我们（凭借叫做死生的天赋）必须生长

在深深的黑暗中至少我们自己记得
唯有爱支配他的岁月。
　　　　　失去**一切**，找到全部

假如那一阵风，好大的风

假如那一阵风，好大的风
把真理给予夏天的谎言；
用眩晕的树叶血染太阳
搅得美国佬不朽的星星歪歪斜斜，那会怎样？
把国王**吹**向乞丐，把王后吹向王妃
（把友人吹向恶人：把空间吹向时间）
——当天空被悬挂，海洋被淹没，
唯一的秘密还会是人

假如一阵瘠瘦的风，凌厉的风
用冻雨和冷雪掠夺尖叫的山峦：
用一道道绳索勒死山谷
把森林闷死在白色的从前，那会怎样？
把希望**吹**向恐怖；把亮眼吹向盲目
（把怜悯吹向嫉妒，把灵魂吹向理智）
——它们的心是山，根是树，
将会由它们向春天高声问候

假如梦中注定的黎明
把这个世界咬为两半，
将永远劫出他的坟墓
用我用你点缀于无名之地，那会怎样？
把即刻**吹**向永无，把永无吹向彻底
（把生命吹向乌有：把死亡吹向过去）
——唯有那一切的虚无是我们最大的家；
它死得最多，我们活得越久

假如人都是神，便没有人

假如人都是神，便没有人；假如神
必为人，有时唯一的人是这个
（最寻常的，每一种痛苦是他的悲伤；
最稀少的，他的欢乐超越了欢乐）

魔鬼，假如魔鬼口吐真言；假如天使

慷慨燃烧他们全部的光，
一位天使；或者（他蔑视纷纭的世界
而不舍弃无限的命运）
懦夫，小丑，叛徒，白痴，畜牲，做梦的人——

过去是将来是现在是一位诗人

——他将用生命解开恐惧的
奥秘以捍卫一束阳光：
在他的手里切开绝望的不死的
丛林以拥有一座山的心跳

爱是一股泉水

爱是一股泉水
他们疯狂痛饮他们爬过
比希望更陡峭的恐惧
唯一未曾命名的
山　如果还有更多
便是已知的一切烟消云散

相爱的人们没有头脑
以为高于恐惧的便是希望
相爱的是那些下跪的人
相爱的是这些人以嘴唇
撞击未曾想象的天空
比天国更深沉的是地狱

曾经像一粒火花

（曾经像一粒火花）

如果陌生人相逢
生活开始——
不贫不富
（唯有相知）
既无仁慈
也无残酷
（唯有圆满）
我不是你不是
不可能；
唯有诚实
——诚实，如果
陌生人一旦（他们
深入我们最内心的是
自己）接触：
永远

（如此面对黑暗）

当上帝决定创造万物

当上帝决定创造
万物他吹了一口
气大于一个马戏帐篷
于是万物初生

当人决定摧毁
自己他选择了未来的
历史发现了唯一的谜团
将它打碎化为原因

说明:"未来的历史",原文为"the was of shall"。

244

下雨了下雹子了

下雨还是下雹子了
山姆完了
他的家世最棒了
他们给他挖了坑

：山姆是个爷们

结实得像座桥
粗鲁得像头熊
狡猾得像巫师
你是怎么啦

（出太阳还是下雪了）

你走进了
如你读过的
所有那些君王
为他歌唱的

是只鬼鸟；

心高气盛
就像这世界不是方的
容得下魔鬼
也容得下他的天使

是呀，先生

什么可以更好
什么可以更糟
变成草会怎样
三叶草三叶草

（没人会知道）

山姆是个爷们
他呲牙咧嘴笑过了
他的短工做完了
他给放下了。

睡个好觉

说明：山姆(Sam Ward)，曾多年在卡明斯家位于新罕布什尔州的快活农场(Joy Farm)做杂务和管理人。

鬼鸟，为蚊母鸟的俗称，体型介于燕子和猫头鹰之间，以蚊为食，夜间活动，叫声单调难听且长时。

于是来了爱情

让它去吧——那
信誓旦旦的话
公开的誓言或
赌咒裂开长缝
放聪明——让它去吧它
曾发誓要
　　　去

让他们去吧——那些
诚实的骗子和
虚假的挚友
这两类人
两类非人——你必须让他们走他们
生来要
　　——走

让一切过去吧——
大的小的中等的
真正高的更大的
最大的和一切
形形色色——让一切过去吧
亲爱的
　　于是来了爱情

真正的战争从来不赢

哈啰，一面镜子说
一位少女说，谁
（听不到什么）回答
来得匆匆，我一定是你

阳光从不撒谎

砰，是一把枪的意义
一位男子的意思是，不
（看见了什么）你这样
会痛苦得撕心裂肺

真正的战争从来不赢

　　说明:卡明斯曾在一封信里这样写道:"真正的战争从来不
赢:因为它们是内心的,而不是外在的,必须面对自己。"

我们彼此相爱亲亲密密

我们彼此相爱亲亲密密
　　　　　　　，胜于
雨-滴需要阳光或雪-片滋润
想象的五月-花：

　　　　　　天空那双眼瞳
不必有晨曦里初鸣的画眉便可
更为奥秘地苏醒（即使某个世界
会要消失）胜于我们自己

　　　　　　。一事不做将会引诱
（也不疯狂也不仅是死亡二者都不是它是
战争）你的我或简言之我的你
，亲爱的

　　这甜蜜的创造从不知
这情结诞生于月亮之前
于上帝希望自己化为一朵玫瑰之前

甚至（
　　我们将冒险进入
最久远的时光
　　　　　）于

我赖以活着的每次心跳去吻之前

许诺是愉快的郊野

许诺是愉快的郊野：
假如还在冬天
（我亲爱的）
就让我们开启新的一年

两人是最佳的天气
（不是孤单）
我的宝贝，
紫罗兰就在眼前

爱情是更奥妙的季节
胜于推理；
我的糖果
（我们刚好在四月）

所有的无知突然坠入有知

所有的无知突然坠入有知
然后再艰难攀上愚昧
但是冬天不会永在，即使雪
也会融化；如果春天毁掉这游戏，会怎样？

全部历史是一个或三个冬天的游戏：
可就算是五个，我依然坚持
即便对于我，全部历史也过于渺小；
于我于你，它微不足道。

（哀恸的集体神话）猛然扑入你的坟墓
每一位玛奇和梅布尔，迪克和戴夫
仅是艰难地向哀恸攀登
——明天是我们永久的地址

在那里他们几乎不会发现我们（即便他们会，
我们将迁得更远：走入当今

我们便是春天

假如（一片
寂静的天空
蓝得难以置信）一片
小小的欢快
土地睁开
他遍布花儿的眼睛
：四月便是他们

此刻假如这个
或这个（年青
颤栗之物）燃起激情
嫩枝或枝干
爆发　啊
每一款生机勃勃的绿色
；五月来了

爱情（是呀
每一只初来的
小鸟歌唱）
叶子是翅膀
树是歌声
比我更小的是你
，我们便是春天

打开你的心扉

打开你的心扉：
我会给你一件珍宝
一个袖珍的世界
一片永恒

无极限的青春
胜过天使　那是
山脉河流森林
高塔耸立的城廓（王后

诗人国王飘动
月亮 星星诞生的英雄
拍击双翼
人类的花朵漂浮）

通过悦耳的阴影
兴冲冲光灿灿的
豹群（踏着令人生畏的翼足）
遭恶魔捕猎

船来来往往
飘雪似的航行
完美的寂静。
上帝的海洋

直到那时我听见了

直到那时我听见了
一只独特的鸟
我梦见了我会歌唱
而非同寻常的
　　　　是他嗓音里的
快乐

直到那时他来了
唱着歌
像一只梦中的鸟唱着歌
非同寻常
　　　在天空下
青草上

直到那时直到
进入火焰我才能感受
大地为何定要飞翔
如果真理是灵魂的
　　　　全部
呐喊

直到那时我醒来
为了一座坟墓的美丽
欢乐和勇敢
生命的明亮的呐喊
　　　　一阵战栗
如在那时

树曾在芽里

树
曾在芽里
（给予给予）当你
走向我
你为爱而生
爱说过做过
啊　不要　要

土地
　　曾在春天里
（生命生命）拥有
一切美丽　当你
走向我
你给了给了
亲爱的

鸟儿
　　在（树里树在）
歌里
当你跳着走向我
我出生了
我们是同一道
阳光

美妙的春天是你的

"美妙的春天是你的时光
是我的时光是我们的时光，
春天的时光是恋爱的时光
万岁美妙的爱情"

（所有快乐的小鸟
在飞翔在盘旋
所有心灵在歌唱
在怒放的鲜花里展开翅膀）

恋人们来恋人们往
流连漫步奇思妙想
成双成对完美无瑕
没有一个人孤零零

（好一片天空好一轮太阳
我从不知你从不知
人人从未发出
如此之多的山盟海誓）

没有树能数清他的叶子
每一片叶子舒展着
千变万化闪耀着
她唯一的惊艳

（秘密羞怯地倾慕

小鸟展翅高飞盘旋
在怒放的鲜花里快乐
永远欢愉自在地歌唱）

"美妙的春天是你的时光
是我的时光是我们的时光，
春天的时光是恋爱的时光
万岁美妙的爱情"

生活更加真实理性往往欺骗

生活更加真实理性往往欺骗
 （生活比疯癫揭露的还要隐秘）
活着比死亡深邃：比拥有高贵
 ——而美独一无二胜于芸芸众生

乘以无限个无　假如
人类最非凡的冥想
被一片仅仅张开的叶子抵消
 （他咫尺之外便一无所有）

几只小得看不见的鸟
在仰望寂静在尽情歌唱吗？
未来过时了；过去还未诞生
 （这里比虚无更少的是比皆有更多）

人们称之的死神将终结称为人的他们
 ——而美就在眼前胜于彼时的死亡

啊顺便问

啊顺便问
有没有人看见了
小小的你-我
站在一座绿色
小山把他的
希望抛入蓝色

一个急冲一个猛扑
他的希望飞出
（它深潜像一尾鱼
它高攀像一魂梦）
搏动像一颗心
歌唱像一苗火

蓝色携我的希望至
比遥远更远
深蓝携你的希望至
比崇高更高
而最蓝携我们的希望至
无极限之处

多么奇妙之境
一条线的终点
（当小山化为乌有
小小的你-我悄语）
有没有人会告诉我
人们为何放手尘寰

高兴

XAIPE

(1950)

卡明斯在书房

说明:"XAIPE"为希腊文。

嘘）在这暮色里

嘘）
在这
暮色里
无人们一
同出来一同
站在一株奇特
的树下全都呼吸
着明亮的黑暗一同
慢慢悠悠地全都一同

展露出非常魔力的笑容

如果我们不十分在意
相信我你和我将会
散步恰好走过这
每一道无限与
全体非凡的
公民非常
温和地
交谈

（嘘

说明:"无人们",原文为"noones"。

死去挺美）可是死亡

死去挺美）可是**死亡**

？ 哦
宝贝
我

不会喜欢

死亡即使**死亡**
很
好：因为

当（代替停止思考）你

开始感觉到它，死去
令人惊叹
为什么？ 因

为死去是

绝对自然的；绝对
温和的生动的
启程（可是

死亡

是严格的
科学的
人为的

是邪恶的合法的）

我们感激你
全能的上帝
让我们死去

（宽恕我们，哦生命！　**死亡**的罪孽

说明:"死去",原文为"dying";"死亡",原文为"death"。

哦这个矮胖胖的人

哦

这个矮
胖胖的人我们
曾如此爱戴

现！在

不再是一个
快乐勇敢真实
的人

他已经

旋
转
进

入

那
虚
无

（之）境

说明：“矮胖胖的人”，指 Paul Rosenfeld（1890—1946），文学与音乐评论家，曾发表多篇关于卡明斯的诗评。

如此多的自我（如此多的恶魔与神

如此多的自我（如此多的恶魔与神
一个比一个贪婪）这就是一个人
（如此轻巧地一个藏于另一个；
人要成为这一切，才能避开不成其为人）

如此巨大的躁动是最简单的愿望：
如此无情的杀戮是最无邪的
期待（如此深奥的是肉体的意向
如此清醒的是把醒来称为沉睡）

所以最孤独的人从不孤单
（他最短促的呼吸持续了行星上的一年，
他最长久的生命不过是太阳的一次心跳；
他足不出户便漫游了那最年轻的恒星）

——一个自称"**我**"的傻瓜岂敢
去理解那数不胜数的芸芸众生？

两位老人

两位

老人
曾
经

有过

一
段（
不

会再

有的
）时候
两

人

坐着（
瞅
）做着

梦

阿里斯蒂德·马约尔现身

从他灵魂的山岳涌出
清洌纯粹的宁静）这样的手
（如海洋般坚韧）可筑就

一尊永恒的梦（你感觉这位男人身后
是大地上的首次日出）他的嗓音
青春得如在生长（非凡得如
明天）环绕此人心地的

皆是生长的石头（女神们
尚未沉眠尚未苏醒）他的年青里
藏着神秘（真的他八十多的
岁月里年年踟蹰着记忆）
我们人人怀着单纯的崇敬

（时钟的每一声滴答响平静得
仿佛阿里斯蒂德·马约尔现身

说明:阿里斯蒂德·马约尔(Aristide Maillol, 1861—1944)，
法国象征主义雕塑家与画家,以其裸女雕塑闻名。

杰克讨厌所有女孩

杰克讨厌
            所有女孩
  （害羞的，胆大的；
温顺的骄傲的
邋遢的讲究的）
只有一个例外，
                冷淡的

保罗嘲笑所有
                女孩
  （阳光的，悲观的；
苗条的丰满的
矮小的高大的）
只有一个例
            外，沉闷的

加斯爱着
            所有女孩
  （偏执的，古板的；
疯狂的
愚蠢的残废的）
只有一个
            例外，死去的

迈克喜欢所有女孩
  （肥胖的，瘦弱的；

刻薄的善良的
肮脏的干净的)
只有
　　一个例外，嫩的

当毒蛇为了扭动的权利谈判

当毒蛇为了扭动的权利谈判
太阳为了活命的薪水罢工——
当刺怀着恐慌问候玫瑰
彩虹上了保险不会消逝

当没有得到全体尖叫的猫头鹰批准
每只画眉就不可以歌唱新月
——波浪必须在虚线上签名
否则海洋必须被迫关闭

当橡树乞求桦树允许
让它结出橡子——山谷起诉
山峰占有了高度——三月
谴责四月进行怠工

那时我们才会相信那不可相信的
非动物——人类（并且不必等到那时）

说明："非动物"，原文为"unanimal"。

九只鸟

九只鸟（腾
飞过一个金色瞬间）攀：
升进

入
冬日的
暮

光
（聚集
成阵的
一只只

鸟）九团
灵魂
活着仅怀独一神

秘（上冲
超越下降）静静！

地活在荣耀的死去中

（附原文）

nine birds　(rising

through a gold moment)　climb:
ing i

-nto
wintry
twi-

light
　(all together a
manying
one

-ness)　nine
souls
only alive with a single mys-

tery　(liftingly
caught upon falling)　silent!

ly living the dying of glory

雪意味着生命是一尊黑色加农炮

雪意味着

生命是一尊黑色加农炮
轰入寂静
奇形

怪状的

黑色-狗）生命
?
树 3 个鬼魂

是一对眼睛

陌生的
已知的
面孔

（笑什么笑！ 在：天空的钻石中

心花怒放的人们

心花怒放的人们

灵巧得赛过真实
转着圈儿走路，兴高采烈

白　千千归来

百万　梦幻

片片飘飘回旋
　（一片一个美丽的秘密

美过寂然的述说

大地全都朝向天空

花儿没有原因没有究竟
何时是现在　哪个是何人

我是你是我是我们

　（快乐的铃铛美妙闪烁）

有人诞生了

人人皆凡人

围绕雪人跳舞

自由并非至高无上

为什么在每座公园的屁眼里

非要插起某尊"雕像"
以证明一位英雄等同于随便一个
怯于勇敢回答"不"字的蠢蛋?

否则"公民们"会
忘记(犯错乃人性;宽恕
乃神圣)如果"国家"说"杀"
杀戮便是基督教的爱行。

在公元 1944 年"没有什么"

"能抗衡军事需要的
理由"(总司令)
回声回答"理性没有

号召力"(弗洛伊德)——你付了钱
你没有行使你的选择。 自由并非至高无上

说明:"总司令",指二战期间盟军总司令艾森豪威尔将军。他于 1943 年 12 月 29 日提交给罗斯福总统的报告中,以军事需要为由主张攻打意大利著名的历史建筑卡西诺山大修道院,认为其内藏有大量纳粹军队,并且他们对修道院已造成巨大破坏,盟军的攻打也是为了拯救修道院。报告获得罗斯福总统批准,于是发生了卡西诺战役。1944 年 2 月 15 日,罗斯福总统公开了这份报告。后来的历史表明,当时修道院内并无德军。

　　　弗洛伊德(Sigmund Freud, 1856—1939),奥地利精神病学专家、心理学家。诗里引用的句子出自其著作《幻觉的未来》(*The Future of Illusion*)。

打开他的头，宝贝儿

打开他的头，宝贝儿
你会在里面发现一颗心
（爆裂了）

打开他的心，玛贝儿
你会在里面发现一张床
（事实）

打开这张床，西贝儿
你会在里面发现一位女郎
（结婚）

打开这位女郎，女士
你会在里面发现他的魂
（死了）

这是一具人类的垃圾

这是一具人类的垃圾
表面有一幅照片
攥在半只手里
上面的字
爱情　有下划线

这是一位女子死于她的决心
她热烈地嚎啕尖叫
又哀婉地冷冷呻吟
当时汽车引擎发出震颤
歹徒们在就餐

这是一个教堂　聋哑瞎
它的灵魂里有个设想
它的生命里有个窟窿
那里年轻的钟敲响
古老的藤蔓纠缠

这是一条狗无人知其品种
一只眼白
一只眼黑
他眼睛的眼睛
你会发现，已经丢失

仿佛唯一的真理是快乐

渺小的我的尊贵客人

——来自永恒的旅行者；
怀着唯一的希望：接受
我的一切：身份，梦想，所有。

白天，黑夜，保持你的快乐：
快乐，仿佛唯一的真理是快乐
 （在大地在天空，在水中在火中，
没有什么虚假，除了恐惧——

头脑是胆小鬼；谎言是法律）
你笑，把每一个否变为你的是：
你给予爱，因为

——优雅的漫游者，你快乐

也许上帝是一只孩子的手

也许上帝

是一只孩子的
手）十分小心地
带
给
你和
我（完全没有
揉皱的）这个

纸一样无足轻重的

袖珍世界
里面有一个
窟窿从中
带翼的恶魔会飞出
如果有什么事情（也许他们
不能赞成）没发生（就
飘然进

洞

(毛毛雨：梦着

(毛
毛
雨

：梦着
田野浮于
树林上并且；

谁
能
更

加
！　缠！
绵

绵？
无
无)

猫

（静）m-a-o（静）
一，动；不：动

跳起跌
落！　飘
浮　打

滚儿？　肆
意转圈儿
（转）（转）
然后然后然后

蹓跶着颠儿了：确
实；俨然
什么
事都，不曾
发

生

（附原文）

  （im）c-a-t（mo）
b, i; l: e

FallleA
ps! fl
oattumblI

sh?dr
IftwhirlF
 （Ul）（lY）
&&&

away wanders: exact
ly; as if
not
hing had, ever happ
ene

D

这匹马驹刚刚出生

这匹马驹刚**刚**

出生）他一无所识，
感受着一切；周围的一切

完美的陌生
（那太阳**的**
光芒那芳香

那**歌唱**）弥漫
四方（一个欢
迎的梦；一个叫他惊诧的）
天**地**。在

这天地里卧着：被美妙漂亮
地圈着；（呼吸一次
长**大**一分）

沉静，他；
有：身

份

在春天来了一个万能修理工

在

春天来了
一个万能
修理工（无

人
询问他的名字）

他有卖力的
手指（有
耐心的
眼睛）更

新

着再造着
那些
不然我们会
已经扔掉的

物件（他的

溪流
——明亮的花朵——
轻柔的鸟儿

288

——爱的清脆之声

儿童
和阳光和

群山）在四月他
来了（他是否该
笑一笑）

无人知道

我感谢你上帝为了这极度惊喜的日子

我感谢**你上帝**为了这极度惊喜的
日子：为了绿树新鲜跳跃的灵劲
为了天空真实蓝色的梦；为了万物
那么自然那么无限那么实在

（我曾经死去今天再度活着，
这是太阳的生日；这是生命
爱情和天使的生日：是大地的
生日，欢乐伟大的事物无尽地发生）

该怎样品味触摸倾听观看
呼吸——从一切虚无之无中
升华的东西——人类不过是
怀疑难以想象的**你**？

（此刻我的双耳之双耳苏醒
此刻我的双眼之双眼睁开）

活着的巨大优越性

活着（或代之曰不死）的
巨大优越性并无很多
头脑能证伪的不多于证明
什么能让心感受，让灵魂感动
（我亲爱的）了不起的事发生在
我们之中，那是爱，爱在我们之中

这里是一个秘密他们永远不会分享
因为他们创造少于拥有
或者一乘一少于时间乘地点——
那是我们在爱中，我们在爱中：
他们和我们毫不相干
（因为爱在我们之中在我在你心中）

这世界（胆怯者把他们的
懦弱称为情投意合）
永远不会发现我们的感动和感受
——因为爱在我们之中，我们在爱中；
因为你在我在我们在爱中
（超脱一切可能的世事）

从想象的事实与空白的时间
十亿颗大脑可以诱骗出不死——
没有心能跳动，没有灵魂会呼吸
然而凭着一个梦的没有真相的真理
其人的长眠是天空大地和海洋。
因为爱在你在我在我们之中

当叫做花儿的脸孔浮出大地

当叫做花儿的脸孔浮出大地
呼吸就是希望，希望就要实现——
然而留守是沮丧是怀疑是一败涂地
——是四月啦（是呀，四月；亲爱的）是春天啦！
是呀，靓鸟欢腾敏捷欲飞
是呀，小鱼嬉戏兴高采烈
（是呀，群山一同舞翩翩）

当每一片叶子静悄悄舒展
希望就要实现，实现就要给予——
然而留守是糊涂是无聊毫无意义
——活着；我们活着，亲爱的：（吻我）是春天啦！
现在靓鸟翱翔，雌的雄的
现在小鱼抖擞，如你如我
（现在群山舞翩翩，那些山呀）

当找到的远多于失去
实现就要给予，给予就是生活——
然而留守是黑暗是冬天是畏畏缩缩
——是春天啦（我们的黑夜都变成白昼）哦，是春天啦！
一群群靓鸟冲入天空的心脏
一伙伙小鱼潜过海洋的大脑
（所有高山正在舞翩翩；舞翩翩）

95 首诗

95 Poems

（1958）

卡明斯在自家的快活农场

孤（一

孤（一

片
叶
飘

飘

落）
零零

孤 零 零

294

（附原文）

l (a

le
af
fa

ll

s)
one
l

iness

独自站在某个秋天的下午

(独自) 站在某个

秋天的下午：
呼吸着一种致命的
寂静；这个

巨大的那么

坚韧的造物（他
从没压根没有打劫过
时间）总是一成不变地假装

做梦，想要

品尝
（超越
死亡与

生命）难以想象的神秘

现在风是风，物是物

现在风是风，物是物：不再有

极乐的天堂般的大地欺骗我们的心灵，
他超然清醒的眼睛

栖居于空间庄严的诚实。

现在山是山；现在天是天——
如此痛快的自由让我们血液沸腾
仿佛这毫无疑义的至高无上的

整个宇宙由我们（只有我们）创造

——是的；仿佛我们的灵魂，刚从
夏日青涩的恍惚中苏醒，不会即刻冒险
投入一场更深奥的魔法：白色长眠
在里面我们将（恋人们必定愉快地）耗尽
一切人类的好奇不朽和

勇气　接受时间最伟大的梦

这个人的心

这个人的心

对于他的大地
是真实的；所以
对别人的世界
他

感到无趣（凭着

一种沉静的
模样
感觉味觉嗅觉
和声音他能

猜测

准确
那是
何种
生活）他爱着

虚无

恰
如（第一片
飘

飘

来

临的）雪花旋
舞
，降落
此时

此地

多米尼克有一个玩偶

多米尼克有

一个玩偶　用金属丝系在
他撞运免费得来的

运冰-煤-木材的卡车
冷却器上

那是他想要极了的
小丑
曾经有人把他头朝下

埋在垃圾桶里

于是多米尼克理所当然
把他带回了
家

多米尼克太太清洗他可爱的

脏
脸　缝补好
他撕破的亮闪闪的裤子（简直

像他真的是她的

不过
她）这
便是

多米尼克怎样有了一个玩偶

后来我的好朋友
多米尼克·德保拉
会时不时地

给我一个最热烈的拥抱

他知道
我感觉

我们和世相

远不如
玩偶和
梦境

有生气

玛吉和米莉和莫莉和玛丽

玛吉和米莉和莫莉和玛丽
（有一天）走下海滩（嬉戏）

玛吉发现了一枚贝壳
吹起来特好听她忘记了烦恼

米莉帮助一只搁浅的海星
它五根慢吞吞的手指长满刺；

莫莉被一个可恶的东西追着
那家伙在一旁边跑边吹泡泡

玛丽带回家一块又圆又滑的石头
小得像世界大得像孤独。

不管我们失去了什么（如我如你）
在海里我们找到的总是自己

总有一个时辰属于那份高贵的仁慈

总有一个时辰属于那份高贵的仁慈
携带难以置信的慷慨
（尽管血和肉责备他强势
心与灵宣布他欺骗）

他的方式既非理性又非无理性，
他的智慧平衡了争执与承诺
——撒哈拉人有他们的纪年；一万个
世纪短于一朵玫瑰的瞬间

有的时辰为欢笑有的时辰为哭泣——
为期待为绝望为和平为渴望
——一个时辰为生长一个时辰为死亡：
一个夜晚为沉默一个白天为歌唱

而重于一切的（胜于你的目光
对我所讲）有一个时辰为了无时之境

莉莉有一朵玫瑰

莉莉有一朵玫瑰
（我没有）
"别哭，亲爱的维奥莱特
你可以拿我的"

"哦，现在现在现在
我怎么还能穿它
那个帅哥把它给你时
他是个子最高的男孩"

"如果我让他吻我两下
他会给我另外一件
不过我的情人有个兄弟
他对所有人都友好善良"

"哦，不要不要不要
不要让玫瑰来回倒手
看在友好善良的分上
不要让朋友为难"

莉莉有一朵玫瑰
我没有玫瑰
失去的比赢得的要少（但是
爱比爱更多）

说明：莉莉（lily）和维奥莱特（violet）也是花名，分别为百合花与紫罗兰。

这样腼腆腼腆腼腆

这样腼腆腼腆腼腆（长着一副
最大胆的相貌，无论他
怎样试着去尝试

这个男人不敢见人）

这样胡闹（胡闹胡闹）加上一个
微笑，这个最正确的男人
记得有这样一桩事

就像春天和一些奇奇怪怪

这样快活快活快活还有点
小聪明不是大智慧这个男人
一知半解些什么（尽管

最聪明的人是我）

这样年轻年轻年轻还有一件
什么事使得这个最老的男人
（休管他是谁）独一无二

他会永远不死

水仙花一生知道

水仙花一生（知道
活着的目标是生长）
忘记为什么，记住怎么样

紫丁香一生宣布
醒着的目的是做梦，
记住如此（忘掉似乎）

玫瑰花一生（此时此境
用天堂惊愕我们）
忘记假如，记住确定

一切美好事物的一生
任什么头脑都不能领会，
（忘记找到）记住追寻

（当时光将我们从时光中解脱）
在冥冥神秘中
忘记我，记住我

奢侈的阅读都很丰富

奢侈的阅读都很丰富
——年轻人阅读历史——
阅读纯粹的奇迹不过叫人惊诧
（然后翻篇）

令人满足的阅读也叫人入迷
——读诗，读散文——
谨慎的阅读为了好奇
（然后闭眼）

蜜蜂

纹（蜜蜂）丝

bu
d（趴）o
ng（在
）你（唯
一的）

在沉（玫瑰）睡

(附原文)

un (bee) mo

vi
n (in) g
are (th
e) you (o
nly)

asl (rose) eep

欢乐 面孔 朋友

欢乐 面孔 朋友

脚 恐惧 命运
手 寂静 眼睛
爱 笑声 死亡

（梦想 希望 绝望）

曾经
　发生
不在别处
现在
　想象

（一座
　　森林慢慢
毁灭了房屋）
这洞飞快
　　吞噬了自
　　　己

无人

（星星 月亮
太阳 落下 升起 雨 雪

来来往往)

记得

细细小小的公园空空荡荡

细
细
小
小

的公园空空
荡荡（人人
尽在别处
唯有我和6只

英国麻
雀）秋
天和这
场雨

淅

淅

沥

沥的雨　雨　雨

他帅气聪明出海远航

他帅气聪明出海远航
进入一个疯狂的梦
俩伙计便是一亿个谁谁
（而只有他自己是他）

俩伙计是最干净最漂亮最胆大的
杀手你得当心看着
　（那时一个结结巴巴的鬼跟他们
结成了仁，他可能一辈子才刮三次脸）

身板健壮脑瓜灵活他们唱歌吹口哨
　（这会儿这里有差事要做）
那时一把不知什么玩意儿粗得像我的拳头
戳进了一个人的喉咙

俩伙计急忙回家找最亲爱的
活着的小女人
　（可是吉姆依旧戳了一千年
然后躺倒露出微笑）

这个曾经的男人

这个：曾经的；男；人

垮
下了不行
了

在：阳光；里：动，了，动

"啊
果你把我当成了
傻瓜"

它轻轻，自言自语

（附原文）

s. ti：rst; hiso， nce; ma：n

c
ollapse
d

. i：ns; unli，gh; t：

  "ah
gwonyuhdoanfool
me"

toitselfw. hispering

静默是一种神态

静默

。是
一种
神态

鸟：那个

生
命；之刃，的
回旋

（雪前的询问

美丽是没意义的

美丽

是
没意
义的
那（静

静）飘

落的（漫
天
漫
地）的

雪

(附原文)

Beautiful

is the
unmea
ning
of (sil

ently) fal

ling (e
ver
yw
here) s

Now

他是（谁？ 谁）是他们

他是（谁? 谁）是他们

（一扇暗窗里两张
脸）这位父亲和他的
孩子看雪花
（落呀落呀落）

眼睛眼睛

在看（一直
在）看
大地和天空
奇迹般融为

一体（看

它）变得
比最大还大
（小孩）现在（起舞为了）雪
白的（欢乐！ 欢乐！ 欢乐!）最白的

所有奇迹都在寂静中

发生每一桩都
真正美丽

（雪还在落呀落）
比雪更美的

孩子父亲融为一体

我多么爱你（最美的爱人）

我多么爱你（最美的爱人）

胜于地球上所有的人　我
喜欢你胜于喜欢日月星辰

——阳光与歌声欢迎你的到来

虽然冬意弥漫天地
如此暗淡如此沉寂
无人能确凿地开始猜想

（除了我的生命）年轮里真正的时光——

如果自诩的一个世界会有幸
听到这样的歌唱（或一瞥这样的
阳光那么对你的每一次更加亲密
某人的心会比兴奋更加兴奋地跳动

比最快乐更加快乐）人人当然会（我
最美的爱人）除了爱情一无所信

我是某人漫步一座小城

我是某人漫步一座小城（设想
它的房屋变回它们自身变得

寂静衬着新鲜绝美的蓝色）

我是任何人（他周围的街道
感激地彼此互变白天
时光一刻刻消逝）他

感觉一个世界哭哭笑笑漂浮而去

仅仅留下这个鬼魂般迟钝踟蹰的
几乎消失的我（对于他
每一件现实事物的离去都是
每一件真实事物的到来）

我是无（但愿比出生或死亡
甚至比呼吸会绽放出第一颗星星

更加不可思议）人

无人和一颗星星矗立

无人和一颗星星矗立，我对我

（生命对生命；呼吸对呼吸
火焰燃烧的梦对梦中燃烧的火焰）

完美的虚无联结起：

百万光年的距离，正如
并非不道德的头脑所计算，
这些不可测量的神秘
　（人一个；与一个天人）矗立

灵魂对灵魂：自由对自由

直至她最高的秘密与他的结合
　（梦中燃烧的火焰由火焰燃烧的梦点燃）
　——不可想象

瞬间诞生，（既非她或他
又非二者）一个**自我**冒着不死的危险

！ 啊（圆）月

！

啊（圆）月，你
如
何（比
圆
更圆）飘浮；
全
然（圆圆超越）
金
：黄的（最
圆）

？

美丽的人从来不会匆匆忙忙

为何

那曾经
漂亮的

娇小
女士
她的

手指（正在缝纫
在这个晴朗
早晨她坐在
敞开的窗口）飞针走线

而不慢工细活
（我怀疑）
是否它们
害怕生命正经它们
飞速流逝

难道她未
明白生命（从来
不会衰老）
永远美

丽并且

美丽的
人

从来不会
匆匆

忙忙

看那位苍老妇人

看

那位
苍老妇人
有气无力地
投着
面包

屑

一只
接一只
喂二三四
五六只英国
麻

雀

莫非我们都是开殡仪馆的？

你

注意
没有人
要

少一些（更别提

最少）我
观察到
没有

人要最多

（不会
非常委婉地
提及它）

也许

因
为
每个

人

是要多一些
　(再多一些
更多一些) 怎么搞的

莫非我们都是开殡仪馆的?

家意味着当房顶漏雨时

家意味着
当房顶漏雨时
它当然是
我们的（家

意味着如果有点儿月光
或许还可能有
阳光　那是
我们的也是我的

亲爱的）不过万一
这世界崩溃
为1

亿亿亿个碎片（这样）没有
一个（让我们
狂吻）意味着
家

一个陌生人在一个漆黑的日子

一个完全陌生的人在一个漆黑的日子
从我心里扣出了地狱——

他发现难以宽恕因为
他是我自己（事实如此）

——而现在那个魔鬼和我
是永久的朋友彼此彼此

为了梦想猛冲

为了梦想猛冲
一条口号会将你颠覆
（树是它们的根
风是风）

假如海洋着火了
相信你的心
（怀着爱生活
就让星星向后退去）

荣耀既往
欢迎未来
（在这婚礼上跳舞
赶走你的死神）

永远不要介意一个世界
有奸人和英雄
（因为上帝喜欢姑娘
和明天和地球）

年轻的月亮

年轻的月
亮：善待

长者
这最

年长的
胜于（睡

眠）的人
踮脚

走过
他的梦；跳起

舞来
星星

你的生日来告诉我

你的生日来告诉我
——幸运日子里最幸运的一天
我爱过你，我还会爱你，我真心爱你，

这一天过去将来今天都是我的生日

"可是为什么"

"可是为什么"

这
最伟大
的

在世的魔术师（被

你和我
有时
称之为

四月）非得

常常
纳闷
"绝大多数

人就该

如此（当鲜花）
不可思议地
（永远美丽）

丑陋"

335

我是一间小教堂

我是一间小教堂（不是宏伟大教堂）
远离繁忙城市的辉煌和杂乱
——当白天越来越短至最短，我不担心，
当太阳和雨水营造四月，我不悲伤

我的生活是播种收割者的生活；
我的祈祷是大地之子的祈祷
他们艰难奋斗（寻找，失去，欢笑，哭泣）
他们的悲哀欣喜就是我的忧戚快乐

在我周围不停涌现奇迹
诞生与荣耀，死亡与复活：
我睡眠时头上燃烧希望的征象，
我醒来时面对坚忍不拔的群山

我是一间小教堂，自然安宁
（远离狂躁世界的狂喜和痛苦）
——当黑夜越来越长至最长，我不担心
当寂静开始歌唱我不悲伤

冬去春来，向着仁慈的**上帝**，永恒唯一的**主**
我耸起小小的尖塔
在**他**不朽的真理中**矗**立
（谦卑地迎接**他**的光辉，自豪地迎接**他**的黑暗）

农夫们祈祷的好雨现在下起来了

农夫们祈祷的好雨现在下起来了（并且
不是猛烈刺耳的阵雨在烧灼的土地
上蹦跳而是让人喜欢得一塌糊涂的
礼物沸腾漫延深入感激上天的大地）

这白了头发的人我们叫他
老弗兰克愁死了这会儿更愁了（他干这干那
改换活计）他来到谷仓大门口
停下挂着一把干草叉（喘气）

雷伊和莱娜这样的恋人笑了（在朦胧
黑暗里亲切的芬芳在他们周围
开启）在完全不可想象的
寂静之声里说着快乐的悄悄话

（这场雨　期待它的是叶子和树木
是林子和群山）

此刻一只鸟在树上歌唱

此刻（比我们更接近我们自己）
一只鸟在树上歌唱
他从不两次唱同一样事
他的歌声永不停顿

他的眼会感觉，耳会看
从没有谁比他更快活；
假如大地和天空一分为二
他会让二者合而为一（他的歌如此真实）

他歌唱为我们为我为你
为每一片崭新的叶子：
也为他自己（他的爱）他的亲人
他歌唱直到处处皆为此处

我带着你的心（我把它藏进我心里）

我带着你的心（我把它藏进
我心里）我今生不能没有它
 （亲爱的，我去哪里你去哪里；
我做什么你做什么）
                         我不怕
任何命运（你就是我的命运）
我不要别的天地（你就是我美丽的天地）
月亮总在启示的，那是你
太阳总在歌唱的，那是你

这里是最深的秘密，无人知道
 （这里是一棵生命之树的根的根
芽的芽，天空的天空；它生长
高过了灵魂的期望，内心不能掩藏）
这是使星辰保持距离的奇迹

我带着你的心（我把它藏进我心里）

（附原文）

i carry your heart with me   (i carry it in
my heart)   i am never without it   (anywhere
i go you go,   my dear; and whatever is done
by only me is your doing,   my darling)
i fear
no fate   (for you are my fate,   my sweet)   i want
no world   (for beautiful you are my world,   my true)
and it's you are whatever a moon has always meant
and whatever a sun will always sing is you

here is the deepest secret nobody knows
  (here is the root of the root and the bud of the bud
and the sky of the sky of a tree called life; which grows
higher than the soul can hope or mind can hide)
and this is the wonder that's keeping the stars apart
i carry your heart   (i carry it in my heart)

春天！　五月

春天！　五月——
处处如此处
（低高低
鸟儿飞上树枝）
如何？　为何
——我们现在明白——
（那就吻我）我的最亲亲
又羞又甜热切切

（死去！　活着）
新的便是真的
失去便是拥有
——我们现在明白——
勇敢！　勇敢
（大地和天空
今日合而为一）我青春的爱人
就这么兴高采烈

为何？　如何——
我们现在明白
（高低高
在五月在春天）
活着！　死去
（此刻便是永恒）
跳舞吧你忽然千花怒放的树
——我要唱歌

341

对永恒和时间都一样

对永恒和时间都一样，
曾经开始的爱情并不多于将结束的；
在不能呼吸行走游泳的地方
爱是空气是陆地是海洋

　（恋人痛苦吗？　一切神圣
骄傲降临尘世时都披上必死的肉身：
恋人快乐吗？　他们最小的欢欣
是一个世界产生于一个希望）

爱是声音，潜伏于一切沉默之下，
爱是希望，缺乏在恐惧中的对手；
爱是力量，如此强大使单纯的力气显得微弱：
爱是真理，领先于太阳落后于星辰

——恋人们相爱吗？　那就携地狱去天堂。
管他圣人和蠢人说什么，一切皆妙

73 首诗

73 Poems

(1963)

卡明斯在诗歌朗读会上朗读自己的作品

啊太阳升起-腾起-跳起

啊太阳升起-腾起-跳起在敞开的

天空（所有
乐颠颠靓丽丽的鸟儿

歌唱每一只鸟儿唱歌
兴高采烈因为今天就是今天）
咕噜咕噜叫呀我　我呀欢蹦乱跳喊

你和那位绅士
吹喇叭动嘴巴动巴掌哞儿-鸣
（神气灵气的马
三个白蹄子踢踢踢-踏踏踏）

猪哼哼-唧唧晃晃-扭扭
马大啃大嚼嘎咕嘎咕　好呀
孔雀竖起花斑的尾巴，开始抓一抓
搔一搔-挠一挠

刨一刨（那一阵儿
不是-她-就是-他糊里糊涂有一点
多嘴多舌他-搞了-她-干了）还有呢

哩嘞咪啰
大公鸡大嗓门

喔喔

我全部梦境中的第一个梦

我全部梦境中的第一个梦
是一个恋人和他唯一的爱人，
缓慢踟蹰（心连着心）
走过某个翠绿的神秘国度

直到我的第二个梦开始——
天空狂野　漫天树叶；
树叶舞蹈　飞扑（旋转着
扑向惊恐的少男少女）

那短暂的凶猛一忽儿
沉寂：拥抱者的怀里
永远是两个小人沉睡（宝贝
偎着宝贝）纹丝不动

魔幻般的雪永远飘落。
而后入梦者泪流：于是
她迅即梦见一个春天的梦
——你和我鲜花怒放

此刻是一艘船

此刻是一艘船

船长是我
驶出了睡眠

驶向梦

现在是春天人们敢作敢为

因为现在是

春天
人们

变得敢作敢为

（而不是
缩手缩

脚）因为现在

是
四月

生命主宰了他们

自己
（而不是

任由他人）但是

什么是全然的
奇迹我

亲爱的

那是你和
我超越了你

和我（因

为现在是

我们）

卑微的东西

卑微的东西（天赋

无限快乐）
鸟歌唱爱的条条真理

不管什么因为所以

不要什么恩惠　一心在

（树下来了慌慌忙忙
骄傲自大满怀仇恨的东西

有时称为人类）歌唱

我自清坐（听雨）

唯
有这
黑暗（此
时我总是
两手清闲）渐
浓，起风了
（听，开始

下雨）

屋
样形
状抖动
走过（无数
或如情人相
遇相拥）彼
此擦肩

我自

清
坐（听
雨）直到
额头上（盘
旋三个梦）有

什么在踟
蹰（叫做

　　早晨）

（附原文）

o
nly this
darkness　(in
whom always I
do nothing)　deepens
with wind　(and hark
begins to

　　　Rain)　a

house
like shape
stirs through　(not
numerably
or as lovers a
chieve oneness)　each
othering

　　　Selves I

sit
　(hearing
the rain)　un
til against my
　(where three dreams live)　fore

head is stumbling
someone   (named

Morning)

一位伟大的人走了

　　一位伟大的

人
走
了。

崇高如真理

这便是
他（山脉
懂得

他）的生命

　（现在
有
壮丽的太阳

在其中，有

百万
亿万燃烧的星辰
无名的

寂静）如天空；

刚凌晨 5 点

刚凌晨 5
点我听见麻雀
（它们不会唱歌）
在说英语

然后 2 只或许
（谁能把鸽子
喂肥，咕咕叫）
更多，4 只

现在男人最大的机关
（被大脑忽视）
胜过了机器
变得不那么鲁莽

6 点，这只钟
悄声问（一个
生来耳聋的家伙）
"天堂还是地狱"

看看大地上

看
看大地
上

最
最最
最丑陋

的
郊区天际线
过时

的
房屋之
间

隐
隐呈现一抹冬天日落时分的蛋
黄

唉别犯傻了

唉

别
犯
傻
了，

哦是呀真-

的；
金钱
办不成（从来
没有

永远不会）

她妈的
任何事
：差远
了；你

错了，我的朋友。　但是

能够成事的
过去一直
靠谱

将来永远会

成功的
（猜猜）是呀
你猜
对了：我的对头

。爱情

在太阳光芒下

在太　阳光　芒　下

　　　　　　一

　　　　　　　　遍又

　　　　　　　　一

　　　　　　　　遍翻

一张

　　　　　　　年

　　　　　　　　月

　　　　　　　　久

　　　　　　　　远的

新　闻　报　纸

insu nli gh t

       o

       verand

       o

       vering

A

       onc

       eup

       ona

       tim

e ne wsp aper

如果七十岁算年轻

如果七十岁算年轻
死亡非同寻常
（宽恕并不神圣，
犯错也不人性）
或者凡是你的皆为我的
——叮咚：咚叮——
说话会是唱歌

如果破碎的心完整
胆小鬼是英雄
（流行的是聪明的，
野草是茶是玫瑰）
每个负数皆为正数
——患染疾病：过得健康——
皱眉会是微笑

如果忧愁是快活
（今天是明天，
怀疑是相信，
借出等于借入）
或者每个敌人皆为朋友
——别哭：哭吧——
十一月会是五月

你和我将会完全是
另一个我和你，

——变得如此完美——
推论
（或假或真）
安排我去当场射杀
行为正直的人们

"前天就在这里发生了件怪事"

"前天就在这里发生了件
怪事"查理承认
（犹豫）"一位高大健壮
相貌端正的年轻人，穿得

很好且不过分，拦住我
说'你能给我三分钱吗₁'
——还猜疑什么他的脚差点滑出
那双糟糕得几乎不能穿的鞋子

'朋友'我们开导这位陌生人
'有些人占尽了好运气；
我们的英雄恰好没有零钱，
你会得到整整一元钱'

这位陌生人没有回答一句话——
可是当一元钱归了他
天呐（信不信由你）
这位陌生人双膝跪下了"

绿灯变成了红灯（车流的
轰鸣平息：车辆
经过西九街缓慢
涌入第六大道）

"后来发生什么了"我很惊奇

那时各处的红灯转绿了
——他茫然凝视搜索着
空旷的天，小声说"我跑了"

一个冬天下午

一个冬天下午

（在那个魔幻时辰
时间变得不确定）

一个浑身亮晶晶的小丑
站在第八大道
递给我一朵花。

可以安全地说除了我
无人关注

他；为什么？　因为

毫无疑问（总的来说）
他是一个疑团

最多人最害怕：
一个神秘　对此
我无语除了活着

——即，完全的活跃
不可思议的健康；

不仅有脑有心
而是有一个不可质疑的灵魂——

这决不意味着阴郁的狂闹

（或者）
而是本质上的诗意
精微的严肃：

一个精致而非粗糙的小丑
（不是暴徒，而是一个人）

他从不说一句话

可他除了哑巴什么都不能装；
由于他无话可讲

他像只鸟自顾自唱。
最多人听到了
有国际品味的尖鸣

这使得地狱也显得合理
——我以为天国里会有人足够疯狂

送我一朵雏菊

如果有一个小小的猜测静静徘徊

如果有一个小小的猜测静静徘徊
它出自不可知的夜的彻底虚无，
 （唯有这是这个世界）我的生活
无论如何跃不过你微笑的神秘

歌唱而或声音是梦幻，
 （向忘却攀爬，盘旋上升，一片灿烂）
飘浮不在天堂而在地上
我每一次更深的死亡化为你的吻

经你失去的似乎是我自己，而我找到的
我们自己不可思议地属于我；超越了
悲伤带来的喜悦和希望带来的恐惧

你是光明，我的心灵由此诞生：
你是黑暗，我的神魂的归宿
——你是我的太阳，我的月亮，我全部的星辰

你回家将是我回家

你回家将是我回家——

我的两个自己随你走了，唯有我留下；
一个徒有其表仿真的幽灵

（一个不完整的人毕竟不是人）

不到他们和你返回，
一个不是人的人打发他无止境的孤独
梦想着他们的眼睛睁开看到你的早晨

感受着他们的星辰升起在你的天空：

于是，在多么仁慈的爱的名义下，徘徊
魂不守舍的日子我怎能安然忍受
在那失去的瞬间一个陌生人
把我本属于你的生命揽入他的怀抱

——那时一切恐惧希望信任怀疑消失。
我们无处不在　欢乐完美完满

我和我的爱人形影相吊

靠近楼梯顶端一张圆脸
用他那种亲切的大嗓门说话：
然后一张瘦脸（在卧室
壁炉上）开始格外独特地

低声哼唱　正是午夜
这位热心的伙伴将要出现
——而那位纤细的尤物
极其自恋　那时闯进

第三张脸，远在天穹
终于声音微弱地（在雨中在风中
在黑暗中高高在上）低语。
我和我的爱人形影相吊

没有什么能够超乎度越

没
有什
么

能够

超
乎**度**
越

那种

神
兮**奥**
秘

的

阒
寂无
声

若是我能快活

若是我能快活得

像每一只云雀
他把自己的生命

从一切黑暗里升华

他用翅膀把疑问

扇出了缘由之外
他把生活里的假如

唱成了当然

现在我（周围是整个世界）

现在我（周围是整个世界）
躺下我（洪大晦暗深沉的声音
来自雨；来自永恒和虚无之处）

多么优雅的受欢迎的最黑暗——

现在我躺下（在最峭的悬崖
胜过音乐）感觉阳光
（生命和白昼）不过是租借：而
黑夜是赐予的（夜和死和雨

是赐予的；赐予的雪多美）

现在我躺下梦见（不是我
或任何人或你
能够开始去开始想象的东西）

任谁不能保留的东西。
现在我躺下梦见**春天**

何为时间？

何为时间？　每一颗星球
有不同时间，每一个都最虚假地真实；
或者亚人类超级的头脑如是声称

——所有他们的时间也不包括我和你：

何时我们成为永不，只有现在是永远
　（是永恒的主人；不是飘渺的客人）
相信我，亲爱的，钟表有足够的事可做

不会混淆无时间与时间。

时间不能给儿童，诗人，恋人算命——
不能测量想象，神秘，一个吻
——虽然人类并非宁要确知胜于感觉；

根本不相信那个无时间

它的缺席会导致你的和我的
　（广言之我们的）全部生命仅仅是不死

没有怜爱发自你的眼神

没有怜爱发自
你的眼神你的
声音你的
动作（哦，我最灿烂出色的爱人）

我心里何止一片黑暗，
没有歌唱（没有
事做）没有
曾言的忘却；它不可名状——

然而这不可名状应当
（完全
迅速）
消失，无限地准确

你的美丽令人激动，那么
我的损失我的
茫然我的
无处可去的自我又出现在这里

——向着一颗最生动的星星
这些小小的一切
的一切
感激的鸟儿（听）全在歌唱

画眉

画，眉；画：眉；画，眉，鸟：群

这会儿
安静
了

。在如银里

似
有-似
无

梦（是）幻

那
一
轮

月亮

你是谁，小小的我

你是谁，小小的我

（五岁或六岁的年纪）
从高高的窗户里

盯着瞧；那黄金

十一月的落日

（觉得：如果白天
不得不变成黑夜

这个变法挺美）

在我们最最金黄的星辰下面

在我们最最金黄的星辰下面
在一切一切的事物之中

最神秘的是
（埃莉娜，我亲爱的）

——一个这么高高兴兴的人
怎么竟然能够死去

我从未料想到

我
从未
料想到
什么东西
（甚至宇宙
）会如此难以
置信的小巧玲珑
这里（那里几乎看不见的）一只
红颈蜂鸟静静的
家确实属于她
（还温暖着
三个雏）
她的**眼**
特别
美

i

never

guessed any

thing （even a

universe） might be

so not quite believab

ly smallest as perfect this

　（almost invisible where of a there of a） here of a

rubythroat's home with its still

ness which really's herself

　（and to think that she's

warming three worlds）

who's ama

zingly

Eye

迷（梦样）雾

迷（梦样）雾

化
渺小
为

庞大

变
清晰
为

奇形

直到
我们自己
成为

一个个

（魔
术
般的）

宇宙

（金花鼠）在梦中

有太阳有

悄悄

静处

处

不

见一

个

人

唯有

在

这

巨

砾石

上

381

一只

（金花鼠）在梦中

说明：金花鼠为生活于北美洲的一种小型松鼠。

2个小小的谁

2个小小的谁
　（他和她）
在这株
奇迹树下

微笑站立
　（超越空间
时间的疆界）
只有此时此地

　（远离已知的
成年的世界
——长大的我和你——）
谁和谁

　（2个小小的我
这不可思议的
梦的火焰
降临于他们）

这一片雪花

一

片

这

一

片雪花

(亮

　　闪闪

　　　晶晶

　　闪闪

亮)

落在

一

块墓

碑

上

(听) 这条狗叫何其疯狂

(听)

这条狗叫
何其疯狂　房屋
眼睛人们笑容
脸孔街道
尖塔在红红火火地

翻腾

透过奇妙的
阳光
——看——
人心，激动：袅袅
绽-开-怒-放

是（绿叶；鲜花）梦

，来吧快快来吧
现在和我
奔跑奔跑
跳跃呼喊（大笑
舞蹈痛哭

歌唱）是**春天**啦

385

——不可更改；
在大地天空森林
：每个
角落都出现奇迹

（是的）

我亲爱的
你和我不能用
一千首诗
去催促它
但任谁不能阻止它

哪怕全世界的警察

紫燕雀请告诉我

"喂紫燕雀
　　　请告诉我
为什么这夏天的世界（有你有我
我们多么热爱生活）
　　　　　必须死去"

"如果我
　　　告诉你什么"
（那位热烈甜美的歌唱者
回答我）
　　　"我就不能唱歌"

梦幻似的叶子

M-en-G-hu-An-似的

叶子
　（看）
锁在

了

闪光
后的
金黄

里

颤
ChAnWeI
巍

，；：。：；，

进入（寂静的是血

进入（寂静的是血而肉
吟唱）非寂静：只是无吟唱。　幽灵
巨大无比悄然无声，一片

枯叶颤抖着爆裂

——远处（遥远得像活着）迤逦着
四月；我呼吸-活动-并且-似乎在
无缘由地不停漫游——

秋天去了：难道冬天永远不来吗?

哦来了，可怕的匿名者；幽灵
携带势不可挡的寒冷裹住了我
——放出这夹持百万风刀的魔鬼——
将他的虚无扬扬洒洒布满愤怒的天空

轻轻地
　　（白茫茫：静悄悄，
永不可想象的神秘）
　　　　降临

什么是一次航行？

什么是
一次
航行

？

向上
向上-向上：走
走

向下-向下-向下

来；来
奇妙的
太阳

月亮万千星星，和一个

（大
于最
大

以至于能够

开始做）梦
关于；一个事物：关于

一个造物它的

海

洋
（无处不是
虚无

只有光和黑暗；只有

过去未来
与何时）直
至一个确定的

最令人惊愕的此地

此刻，有
成千（成
百）成百万的

羽翼的呼喊

未收集的诗

Uncollected Poems

(1910—1962)

卡明斯的哈佛大学毕业照,1915 年

音乐

美妙的音乐出自画眉的歌喉！
　　啊小小画眉
　　那神圣音符
如沉默病房里上帝的脚步
　　把我的灵魂踏碎。

不停顿的管风琴，你挣脱大地
　　将天空之门扣击，
　　我只有抛掉
脆弱的镣铐，追随你
　　升向天国的怀抱。

可是爱人，你的音乐无需翅膀。
　　它对寻常的人们
　　满怀依恋，歌唱：
"大地上的天堂才是真切的天堂。
　这是我的信念。"

说明:标题为原有。原载于《哈佛月刊》(1913 年 3 月)。

394

夜

夜，暮色还在徘徊；
一片红云飘在月下。
树林停止喧哗
我要在此会我的恋人。

在银色草地
草儿搂住花儿，
她会来到我这里
她双足如月光之箭。

在魔幻树林
在喑哑树荫，
我要热烈欢迎
她星星般绽放的脸庞。

在白色池塘边
在微妙的宁静里，
我要端详她的双手
百合花让黑暗神伤。

灵魂！ 默默依恋你，
此刻将你的爱化为行动。
夜；一片红云
飘在月下。

说明:标题为原有。原载于《哈佛月刊》(1914 年 11 月)。

十四行诗（不见日落）

不见日落，只有灰色博大纠结的天空
弥漫彻底的寂静。绿色修道院
聚集了腼腆的夜晚修女，念着串串歌曲。
燕子，一群带翼的祈祷者，稳稳高飞
向暮色传送敬意。从昏暗高远之处
夜晃动她雾腾腾的香炉，随之
世界歌唱升入彻底
纯粹的安宁。至此天地交织的狂喜消逝。

我知道你存在于暮色的雾霭中，
在充盈世界的黑暗中，在喃喃絮语的
雨水中，——世界被吻别
沉睡了。——这些野性甜蜜美妙的东西
是你的记忆歌唱的小小奇迹，
让我们心贴心再次化为一首乐曲。

说明：标题"十四行诗"为原有；括号内的副标题为译者所加，以区别于其他十四行诗。原载于《哈佛月刊》（1914 年圣诞节）。

莎孚体诗

当我的生命之柱升入天国，
当我的灵魂喋血筑就奇迹，
当我对大地的爱酿为优美诗篇，
　　　别让我徘徊。

在我的日子被即来的黑暗困扰之前，
当浩大的天空弥漫着荣光，
让我升腾，发出我的敬意，
迈入日落。

说明:标题为原有。原载于《哈佛月刊》(1916 年 1 月)。莎孚体为古希腊女诗人莎孚(Sappho)使用的诗体。

十四行诗（我梦见我置身于征服者之间）

我梦见我置身于征服者之间，
于那些影子之间，令人惊叹的高大，
他们辉煌栖居在受咏颂的殿堂
光灿的大门上写着"名誉"。
兀立的高柱护卫门楣的黄金
淹没在活泼的轰鸣声里，墙壁
跳荡着高贵的回音；在其中听得
永恒的战争步伐如瀑布。

在这里，我看见那些崇高雍容的君主，
啜饮肺腑难忘的美酒，
在耸入天穹的宝座上，是：
罗兰，和理查，在光鲜璀璨的簇拥中；
列奥尼达斯，腰佩生辉的宝剑；
还有阿尔伯特，他眼里隐藏雄狮。

说明：标题"十四行诗"为原有；括号内的副标题为译者所
加。原载于《哈佛月刊》(1916 年 3 月)。

　　罗兰(Roland)为法国中世纪史诗《罗兰之歌》里的英
雄人物。理查(Richard，1157—1199)即著名的英格兰"狮心王"
理查一世，曾率军进行第三次十字军东征。列奥尼达斯
(Leonidas)为公元前 5 世纪的斯巴达国王，在希波战争中，他率
领希腊联军抵御波斯军队的入侵，最后和斯巴达三百勇士在温
泉关壮烈牺牲。阿尔伯特，由于欧洲历史中有若干位与此同名
的著名人物，故难以确定其所指。

荷库

我毫不介意
在某个明天
世界是否记得我。

他有一个旅程，
要走漫长的路
恋人们不会逗留。

夜召唤他，
走出黎明和日落
他把这化为了诗。

说明:标题为原有。荷库(Hokku)，意义不明。原载于《哈佛月刊》(1916 年 4 月)。

终结

在平静水面
      白昼沉沦
          黑夜升起
汹涌着落日的高贵荣光
在一声金色问候里
        辉煌西去
而苍白暮色
     颤
     抖着
            融入
         黑暗
来了那最后光芒的仁慈告诫
           升入安宁
因此当生命蹒跚
      立于永恒
上帝
的海岸
    也许我会看到我的日落
汹涌
    在平静水面

说明:标题为原有。原载于《哈佛八诗人》(纽约,1917)。

400

玛丽安·穆尔

M	在罪恶的世界里——热爱美德
A	在怯懦的世界里——具有勇气
R	在背叛的世界里——表明忠贞
I	在摇摆的世界里——坚定站立

A	在残酷的世界里——展示仁慈
N	在偏见的世界里——履行正义
N	在无耻的世界里——活得高贵
E	在仇恨的世界里——给予宽恕

M	在腐败的世界里——行为正直
O	在无情的世界里——满怀人性
O	在毁灭的世界里——着力创造
R	在疾病的世界里——保持健康

E	在**丧失自我**的时代——做**有个性的人**

说明:标题为原有。原载于《价值冒险》(*Adventures in Value*, New York, 1962)。玛丽安·穆尔(Marianne Moore, 1887—1972),美国著名女诗人,早年曾在先锋文艺刊物《日晷》(*Dial*)先后任编辑和代理主编。该刊曾登载卡明斯的早期诗画。

（附原文）

M in a vicious world—to love virtue
A in a craven world—to have courage
R in a treacherous world—to prove loyal
I in a wavering world—to stand firm

A in a cruel world—to show mercy
N in a biased world—to act justly
N in a shameless world—to live nobly
E in a hateful world—to forgive

M in a venal world—to be honest
O in a heartless world—to be human
O in a killing world—to create
R in a sick world—to be whole

E in an epoch of UNself—to be ONEself

杜维格兰

他不在注视任何事
他不在期待某件事
他不在观看
他在观察

什么

不是他身外的某件事
不是他内心的任何事
而是他自己

他自己如何

罔同于某个人
罔同于任何人

唯有如同一位无人（他是众人）

说明:标题为原有。原载于《价值冒险》(New York,1962)。
杜维格兰(Doveglion)为菲律宾裔美国诗人何塞·加西亚·维拉
(Jose Garcia Villa, 1908—1997)的笔名,为鸽鹰狮(dove eagle
lion)三个词的组合;此人长年居住于纽约格林威治村,为卡明斯
的朋友。

等等:未出版的诗

Etcetera: The Unpublished Poems
(1983)

卡明斯在马萨诸塞州蒂文斯堡,于第 73 步兵团服役,1918 年

说明:此诗集由 Richard S. Kennedy 编辑。其中多数作品曾发表于报刊,但未收入诗集出版。

哈佛年代 (1911—1916)

夜将吞噬这些少女少男

夜将吞噬这些少女少男。
时间把你我作他的美餐。
爱情将成为破碎的玩偶；
月亮和太阳如厌腻的玩具

（和所有结伴的欢乐的心）
一起静静沉入海洋。
夜将吞噬这些少女少男。
时间把你我作他的美餐。

姑娘，爱情是给你的聪慧的奖赏；
她白皙的小手惊惹了
万能的死神，天啊；
她雪白的身体是他的想望。
夜将吞噬这些少女少男。

我曾注视过你——我曾爱恋过你
（"爱情诗篇"之一）

我曾注视过你——我曾爱恋过你，
爱你的嘴唇，那曲线是鲜嫩的月牙，
爱你美如花朵绽开的眼睛，
　　　花瓣似的眼皮，那么完美；
我要从你脸颊上那两朵神秘的花里，
在闪耀的彩虹里刷下露珠，
然后，登临至高无上的嘴唇的圆月，
　　　飞入天堂。

你的脸庞是安谧洁白的圣物之所

你的脸庞是安谧洁白的圣物之所，
和你平静荣光的秀发优雅与共。
你完美的前额，甜美的气息
展现了少女青春的美丽。
你的眼眸闪动圣洁的泉水
无遮掩的永恒，那里是
上帝的希望，孪生的天使凝视，
它们有时在庇护的双翼下入眠。
你坚实的唇上是爱的封印，
完美的宁静；你的脸颊等候初吻。
你是全然的纯洁；上帝创造的你属于他。
男人迷失于不真实的生活，致命的喧闹，
他俯首在唯一的圣殿面前——
谁将进入，天呐——谁将进入？

你的唇于我意味什么?

（"爱情诗篇"之四）

你的唇于我意味什么?
一盏伤心的熏香，
一树哀哭的叶子，
一艘渴望兴浓的船，
一阵华丽箭矢的颤抖。

你的胸于我意味什么?
一朵陌生祝福的花，
一首坚实的光之诗，
一窝靓丽的小鸟，
一支震颤拉动的弓。

你的身体于我意味什么?
一座鸦雀无声的剧院，
一驾红色飞驰的马车;
啊，还有那朦胧的双脚
白鬃野马的欲望!

献辞

（"爱情诗篇"之五）

白色玫瑰我的魂
被吹上了路。
吹上了高高的土地
河谷携它前行，
它被找到在山岭。

白色玫瑰我的魂
熟悉了所有风和翅，
所有巢和歌，
每一颗微笑的星星，
每一个美好的日子。

白色玫瑰我的魂
遗落在世界的脚下。
（唯有你拾起它，
多么小小的手儿，
红色玫瑰我的心。）

说明:标题为原有。

我爱你
（"爱情诗篇"之六）

我爱你
为着你小小的，吃惊的，没心没肺的模样，
为着你沉思默想时如轻柔幽暗的鸟，
当你开口说话，那是倏然降临的阳光。

我爱你
为着你宽宽的孩子般的眼睛和轻轻拍击的手，
为着你小小手腕散发的圣洁，
还有你手指间美丽的神秘。

我爱你
难道花朵琢磨过她活着的日子？
难道蝴蝶担忧她瞬息的灵魂？
我宁愿拥有一朵玫瑰胜于长命百年。

月亮藏在树林

（"爱情诗篇"之八）

月亮藏在树林，
那只老皮筏子在等你。
你知道，他不惧黑黯，
他一个人摘取了无数星星。

那同一顶帐篷巴望你的来到，
月亮藏在树林。
你是否记得那清香的云杉，
黎明时满林子小鸟？

白天我满耳
是广阔海洋的雷鸣；
黑夜里扑鼻而来的
是不可救药的大山的芬芳。

当你死了，死了，远离了辉煌的罪孽
（"爱情诗篇"之九）

当你死了，死了，远离了辉煌的罪孽，
没有了肉体的灵魂在最后的深渊悬崖上哭诉
世间的床榻永远遗留下它冷冷的心，

当灵魂从那曾经爱恋我的肉体的肉体逸出，
来了，由于无情的变形而赤裸，
那时我们死了，死了，它将对我的灵魂说什么？

（当我死了，死了，他们已经将你埋葬，
我的唇曾热恋的肉体给了蛆虫去吻，
还有那美妙光滑的颈，满头光泽的发——）。

你烦了，总是为生活伤脑筋
（"爱情诗篇"之十）

你烦了，
　（我想）
总是为生活工作伤脑筋；
我也同样。

那就跟我来，
我们把叫人头疼的事甩得远远——
　（只有你和我，懂吧！）

你玩过，
　（我想）
玩坏了你最喜欢的玩具，
现在有一点烦；
烦那些搞砸了的事情——
就是烦。
我也同样。

但是今夜我带着我眼里的梦来了，
我带着一朵玫瑰来敲你心中没有希望的门——
为我打开吧！
我会给你看**无人**知道的地方，
只要你喜欢，
最美的**入眠**之地。

啊，跟我来！

我将为你吹圆那奇妙的泡泡，月亮，
它飘浮得永久又短暂；
我将为你唱起橙红宝石的歌，
奥妙星星的歌；
我将窥视没有惊醒的梦的脚步，
直到发现那**唯一的花**，
当月亮从大海升起，
　（我想）它将留住你小小的心。

他们装点天空，用箭

他们装点天空，用箭，
用喜洋洋火焰的圆盾，灿烂的头盔，
用铮铮闪光的刀剑，还有愤怒的匕首。

他们装点湖水，用飞蛾的翅膀，
用紫色的朦胧，黄金放浪不羁的温暖，
用懒洋洋的妙酒，还有白银弯曲的凝乳。

他们装点我的心，用落日，
用歪斜的花朵，水性杨花的情人，
用死亡和爱情：玫瑰的灰烬，天使的遗体。

啊，大地，你将会吟唱我的歌

啊，大地，你将会吟唱我的歌。
你将会用歪斜的嘴唇和跳荡的嗓音吟唱，
那些歌曲我的诗。

啊，世界，你将会做我的梦。
锁在光灿灿的房间美妙沉眠，
那些梦境我的诗。

爱人，你将以我的笑容微笑，
我的目光，我的目光曾射中你神魂的鸟儿，
那只鸟儿，我的诗。

实验与感想（1916—1918）

渺小的人们
（"实验"之四）

渺小的人们
　　　栖息
介于宁静的
　　　日
光
与

　神

　　啊为我的到来
建造屋宇那会
　　　如同
天堂降

落入那些山谷

　　公鸡温柔欢啼
　　牛-铃

　　偶尔一声

看不见

踩踏
　　黎明

天空是糖果

（“实验”之五）

      天空

    是 糖 果

光   鲜

    灿烂   秀色

             可

餐

      轻盈的 桃红

      羞涩的   柠

    檬

                 绿

凉凉的

巧克   力

    下   面

一节 火

    车

    头   正   喷

        射

    罗

    兰   紫

（附原文）

```
              the sky
          was   can  dy
      lu          mi
         nous        ed
                     i
      ble
              spry pinks
              shy   lem
      ons
                        greens
          cool
     choco          lates
              un              der
  a   lo
      co
      mo          tive          s pout
              ing
          vi
      o           lets
```

史密斯先生
（"实验"之七）

史密斯先生
在饮茶
时间
就着火
光

读　信

　　　笑　了史密斯朋友

没用打字　o 写得很粗
　　　　　　d 含情脉脉
　　　叫人开心的 l 是两个
　　　　　　r 是转动的眼珠

　　　哈　哈

　　　　甜蜜的两颗心
　　　　分开　伙伴
　　　像　心爱的-　写
　　　我梦见我的　试试　内德　妈
　　　想
　　　正确的事儿　还会是
　　　直到死
　　　你的

422

响铃了

抹抹鼻子　　　噗
烤烤脚丫　　　　嘶
　　　　　亲一亲

说明:"odllr",指信中的一个单词 droll,意为叫人开心的人。
"内德"可能为史密斯先生的名字。

423

一位妇人
（"感想 1918"之九）

一位**妇人**
　　　青铜的
严肃
　　　　　站立
在湾口
一位半老的妇人
　　　　穿着长袍
　　永远高举

一支
火炬
　　一位疲倦的妇人
　　她有过众多儿女
　　　　他们都忘记了
　　站立

　　　眺望
海洋

说明："妇人"，指在纽约湾口的自由女神像。

这支香烟极长

（"感想 1918"之十一）

这支香烟极长，
我得到那种蓝盒的**有** 10 支。
然后，你仿佛坐在了我对面：
我心血来潮婉转告诉你我的过去，太荒唐！
（我想着，记得你曾经
多么漂亮）这支香烟，
吸起来，产生一种神秘
像一排整齐温柔的天使散发芳香，开着玩笑
（我买了 10 支一蓝盒的。）
手腕。 肘，肩。 手指。
肉体细微的爱意
颤抖隐隐显露（这支
香烟，在吻的音乐似的晕厥中
吐出，斑斓的静默）看在基督的分上吻我。 **就一个吻**

给伊莱恩·奥尔的诗（1918—1919）

春天美妙

春天美妙
而夏天也许美丽。　**不过，**
闭上眼睛告诉我
你过去爱我，将来爱我

这些好听的话；我懂得，
吻你——只是一直吻
你（依然是春天
而夏天也许漂亮）我们该

说天长地久吗？　啊我们就说吧，姑娘
对小伙微笑的那些时刻
温柔地永久地迷死了我们。

那么相信（不相信）将会
有一天连这些树叶都会

奢侈地后悔。　**我的**姑娘。

说明：伊莱恩·奥尔（Elaine Orr）为卡明斯的第一任妻子。

426

我的姑娘是象牙色花园

我的姑娘是象牙色花园，
开满鲜花。

静静蓬勃的花朵
颜色难以捉摸那是她的发
下方的耳朵是娇弱神秘的花
她的鼻孔
是胆怯玲珑的
花巧妙地翕动
配合细微呼吸的抚弄，她的
双眼和嘴是三朵花。**我的**姑娘

是象牙色花园
她的肩是光滑闪烁的
花
它们之下那敏锐新鲜的
花朵是她小小的乳房含情上翘
她的手是五朵花
在她的雪白肚皮上有一朵灵巧的梦样的花
她的腕简直是最奇妙的花　我的

姑娘开满
鲜花
她的脚最纤细
每一只都有五朵花她的踝
是精微的花

我的姑娘的膝是两朵花
她的腿是硕大坚实的夜之花
完美地在它们之间
渴望地沉眠着的
是

那突兀的令人惊诧的花

我的姑娘开满鲜花
是象牙色花园。

而月亮是一位青年

伴着暮色，我定时看见
他进入花园朝自己
微笑。

假如你喜欢我的诗

假如你喜欢我的诗就让它们
在黄昏走在你身后

而后人们会说
"我看见一位公主走过这条路
去会她的情人（傍晚了）还跟着
高大不谙事的仆人。"

发表于《日晷》的诗（1919—1920）

喜剧演员站在街角

喜剧演员站在街角，天空正在
非　常　**轻**。柔　**地**。下，**着**（雪

加长轿车和匆匆奔跑的出租车**上帝**

知道有多少嘴巴眼睛肉体
唰唰冲进虚空，

就那天空和。一切，正在，慢慢
地。**落下**
　　，落——下）**落下**　古怪
……它们会。匆匆**拥抱**　接吻　或者

一个醉**汉**无声**地**冲　入月
　　　　　　　　亮
喜剧演员站着。**在**街角　在一个
下（雪）的梦里，
　　　　　　拿腔；拿调地
说
　　"下个节目我们有著名的舞蹈团

430

动与静

，咱们上

钢琴师！

(附原文)

the comedian stands on a corner,　the sky is
ve ry soF. t Ly. Fal，Ling　(snow

with a limousines the and whisk of swiftly taxis God

knows howmany mouths eyes bodies
fleetly going into nothing,

verysky the and. of all is，slow-
Ly. faLLing
　　　，　f all in g)　FaLlInG odd
... which will. Swiftly Hug kiss or

a drunken Man bangs silentl Y into the moo
　　　　　　　　　　n
the comedian is standing. On a corner in-a-dream
of.　(sn) ow,
　　　　in the nib; bing tune
OF
　"nextwehave the famous dancing team
swiftness & nothing
　　　　　，letergo
　　　　　　　Professor!

像多数教堂一样

像多数教堂一样，这一间
格外讲究，发出一股冰冷气息……
里面，主教寻常的面孔正在讲话
老练地嘟囔地狱，
像只猫玩弄一只耗子
明知它是死的，假装它还
活着。　那脑袋（你会承认）
看似那只苹果（就凭它亚当堕落）
附属地装饰着那胖胖的假正经的
无发男人，和他显而易见的妻子
沉重地坐在一起，他小小的不起眼的
圆耳朵装作听到了上帝之言
他大大的不灵光的头脑里小心塞满了
并不昂贵的基督教学问。

这是那个花瓶

这是那个花瓶　**这里**

是清新独特十分突兀的花园
里面小小的王子们神气活现，得意胜于
花卉

（这里，一千个挺拔光鲜的
王子温柔地微笑永远在微笑）

这是那个花瓶。
这里有一百万永动的姑娘
永远在动，纤纤地移动
围绕一位漂亮的小小公主

得意胜于一天，

这
是那个花瓶　这里有十亿
士兵他们残暴顺从的
面孔仿佛白色的名词。他们的
身躯好像微笑硕大的动词

如果我们旋转
花瓶，慢慢地漂亮
小小的公主会纤纤走出
那一百万个姑娘。那些

434

光鲜挺拔的王子会突然在花园里
昂首阔步。那些
残暴顺从的士兵
会变成
    巨人面带**笑容**
而不独特清新。
他们将迈出
      花瓶：

       没有泪水，
       倾巢出动。
得意胜于**明天**

曙 光

曙光

现在。开始
抚——摸
房瓦
刚才
还是冰凉，（嘘
）这是难以言状的瞬间

（喧声
大大咧咧
传来！ 牛奶车
摇摇晃晃（没睡醒的马迈
步像闹钟，车夫困得死去。）**嘚嘚嘚嘚**
沿着那条小小的马路 新得荒唐
　　　　： 房屋
在坚实的
光里 美轮美奂，然而

突然间）

听见了？ 你听鸟儿都开始大嗓门聊天
风正在失踪

有时我精神抖擞

有时我精神抖擞因为有
她警觉的树木般的身体与我同眠
我会感觉它慢慢敏锐
慢慢显露明确的爱，
她的牙齿甜甜嵌入我的肩
直到我们即将闻到**春的气味**
即刻强烈真切共同的色

那一瞬欣悦惶恐

那时，她的唇忽然张开，囫囵地
开始和我的凶狠蠢蠢互动
（从我的腿上它耸起，渴望
一阵势不可挡的雨迅疾抵达
高处唯一的最深的花
她以臀姿携之而来）

437

春天的风

你说

有没有什么东西
无论死去的活着的　比我的
身体更美丽，曾在你手指下
（如此颤动轻微）？
　　　　　　看入
你的眼，我说，没有，除了
春天的风，闻着永无永有的气味。

……它穿过窗格飘动仿佛
一只手被一只手
触摸（它
飘动仿佛
手指触摸姑娘的
乳房，
轻轻）
　　　你相信永远吗，风
对雨说
我太忙于
让我的花相信，雨答复

说明："闻着永无永有的气味"，原文为"smelling of never and forever"。

夜粗俗不堪美妙难言

是
否

因为那里高视阔步一位独特的银装姑娘

（我们都春情荡漾　哦是呀）在
夜的地毯上震动着
她精致的
脚步，她走行在

夜之上
　　羞涩而奢侈　。因为

我们
春情

荡漾单纯领悟　哦是呀彼处
（近在
咫尺）

而一种颜色仿佛世界末日来临
气球一样

　　慢
　　　慢

升起

　月亮的巨大胎儿　？

——以彼此的神态我们启动
我们口舌的战斗变化多端。
这吻永远筑就了我们如此温柔的

夜粗俗不堪美妙难言。

某某（写到很晚）

某某（写到
很晚）看他的灯
熄灭。

　　走到窗口
　片刻　他
　　　注视
　城市又一回重生

博大悄无声息的

　　身躯
　　　（还

看

房顶上房顶间

　　一条条
　街道空荡

　　无
　言

　　　他也
无言）只是茫然

441

吸一支不算太赖的。香烟
他伤心
可怜。他不出声反复对自己
说着
　　什么特别的琐碎乏味的事

然后去睡　　悲哀艰难

　　　　　　——就这样，我的
　　　　　　姑娘成了
　　　　　　　　　　你的情人

当他稍微合眼
想着"今夜我没躺在她床上"。此时光

那
至高
无上的　光　，光

迅速笼罩茫然的世界（笼罩
这不算太赖的现在与百合花。笼罩

所有人和我？）

名词和
　　紫罗兰　！　船，　和　乡村

在你房前我停留了一秒钟

在你房前我

停留了一秒钟　在
雨里，在**春天**。
在窗里
　　唯有你的双手

　　十分
　　美丽，

（还有那只翠鸟小心地栖息上面
　　　　　　　　那表示
知我。）

姑娘，我要以我的神魂抚摸你

姑娘，我要以我的神魂抚摸你。
抚摸你　抚摸　抚摸
直到你猛然
给我一个微笑，羞羞的暧昧

（姑娘我要
以我的神魂抚摸你。）**抚摸**
你，轻轻地，

这就够了，而你极度的从容
囫囵成为

我没写的诗。

1920 年代的诗

两位老妇人平静坐着织毛衣

两位老妇人平静坐着织毛衣，
她们的名字是有时与永远

"我不明白他会看到什么样的生活"永远
数着针数严肃地说；她的姐姐（忍住
哈欠）反驳"哦，我不知道；亡人相当有魅力"
——"有魅力！　当我在想着我那可怜的亲爱的丈夫
你怎么会说这种事情？"——"别荒唐了，亲爱的，
我说的是'相当有魅力'，你非常清楚，这
从不比有魅力多多少，从来不是

特别好"（一声砸响。　二人跳起）
"天啊！"永远惊叫"那是
什么？"——"你的女儿要来了"
有时镇定；此时

亡人年轻漂亮的妻子进来；绞扭双手，嚎啕大哭
"讨厌的孩子！"（有时与永远一同大喊）
"发生什么了？"——"我的洋娃娃；我漂亮的洋娃娃；
你给我的第一个洋娃娃，妈妈（那时我还不太会
走路）她的眼睛会睁开闭上（你记得，是吗，姨；
我们把她叫做爱情）所有这些年

我一直珍惜她，今天我为了找一样东西
翻遍了橱柜；打开一只盒子，她躺
在那里：他一看见她，就求我让他
抱她；仅仅一次：我告诉他'孩子，当心；
她特别易碎：别摔坏她，要不妈妈会生气的'"

而后（除了
毛衣针碰撞）一片寂静

（只是有点）太累了迷着接吻

（只是有点）
太累了迷着接吻
想点别的事儿
只是别做梦
我们设想

啊我的姑娘：在黄昏
在大地和大海之间

我们俩，你和我一起神秘地不停地漂，
荡；神秘地吸收着（或像欲望吸收
一个梦）并且（好像我们就是一个梦或许多梦）神秘地
被暮色要命的博大吞噬——**啊想象**（我们，
我们的神魂，轻盈神秘地在一起荡漾不停漂浮

在海洋和天空之间）我看见你
笑了：这五个波浪

那即来的波浪最洪大；

（关于这九朵玫瑰，你
认真回答，她总是自我
隐藏，她最深奥）

雨是一头英俊的畜牲

于是我赶上了列车，突然就在五月的傍晚置身巴黎。沿河树木刚刚松手，悄悄将一缕缕、一团团芳香，飘飘落在一列边走边谈的人们；胆怯地触摸那些帽子和肩膀、手腕和外衣；无言地落在男人和儿童、姑娘和士兵的笑脸。在暮色中这些荒唐精致的东西潜行在高贵、不死的人们中间。人们不为还活着悲哀。人们没有羞惭。人们笑着高高兴兴走着，头也不回地在暮色里走向金格布莱德市场。我活着，我也一同走，慢慢走入行列中，在帽子和士兵中，在微笑和领带中，在亲吻和老人中，手腕和笑脸中。我们一同头也不回地走着，慢慢走着，高高兴兴走着。纠结的是我们的肩膀我们的帽子被一百万荒唐暗示的东西胆怯地触摸着；被一缕缕芳香被女人被笑声被未来触摸着；同时我们的思绪被美妙地抓牢了，夜晚温暖的触手合拢了。

说明：标题为原有。此散文诗可能表现作者在一战期间到达巴黎时的情景。诗中"金格布莱德市场"（Gingerbread Fair）也可意译为姜面包市场。

448

观看法国式葬礼之后

大教堂前逗留一位嘟嘟囔囔的小人物：它菜色的肉体寻寻觅觅，裹着条条缕缕的破衣烂衫，它的身子突兀地顶着一顶帽檐奓下的帽子，下面小心地存放着肮脏之极的脸，上面聪明地长出宽阔的枯黄色胡须。

他出来时正好中午：小小的圣米歇尔广场热力十足，喇叭吹响，阳光还不猛；从这里林荫大道通过白雾伸展，悬浮在浓郁混乱的色彩中，时不时一些黑色迟钝的影子出现，一些吓人的树直愣愣长出截断的手。

说明：标题为原有。

出租车嘟嘟叫着车里人兴许笑着

出租车嘟嘟叫着车里人兴许笑着冲入慢条斯理的
芸芸众生　啊终于是春天啦难怪所有窗户上
小不丁点的鸟儿嘶声竭力歌唱两个破衣烂衫的男人和
一个肮脏透顶的女人在潮湿的马路牙子上忙着修补
三个砸得粉碎的酒杯或别的玩意儿　小心翼翼的春天
到处在老练修补破碎的心灵
啊
惨遭屠杀的偌大世界
那高举的炫耀、自爱、簇新的
臂膀
再度进入渴望的阳光
我的心在他的破衣里扑腾从他腋窝抖出
梦里无数虱子大笑
我的老头心从生气勃勃的新鲜泥泞里甜蜜苏醒
阔步高喊哭泣尖叫呼吸进入
他满是褶子的肚子万顷黏稠的阳光唠叨呼吼
淹没一众生命顽皮地刺破
他听不懂的耳朵闪入彩色的世界惊呼
啊
多姿浩瀚的大地
再度开始腾出黑暗
离奇全速冲出它的牢狱深渊
敏感地呻吟从一切肮脏警觉的事物中
突然有力地跳出死亡
肌肉发达，散发恶臭，昂首挺胸，浑然诞生。

巴黎

巴黎，你不仅是
这些街道树木寂静
黄昏，甚至也不仅是这单纯的星星
在傍晚青色的天际匆匆记录着的虚无；
也不仅是在林荫路上坐着饮酒大笑的脸孔，
他们聊天抽烟笑盈盈，你不仅是
只对黑暗坐立不安的一百万小姑娘——

这些都是你并且你是所有那些警觉短暂的
生命：你是我们生命目光语音的
升华
你是我们彼此进行表达的姿态
我们全都拥有，宝贵脆弱胜于死亡，
你是我们惯用的姿态
黑暗宝贵脆弱

生活——我们不要太多抗议——
并不比别的事物更加笨拙。**也不**粗俗
而是（毕竟）在一个合适的尺度：
既非渺小得不值得为之赴死
也非宏大得难以维系生命。

在一切之上温柔游荡的
是埃菲尔铁塔峭立的幽灵悄悄奇异
悬浮；萦绕五月。

瞧我的手指

瞧
我的手指，它们
抚摸过你
你的温暖鲜嫩
娇小
——看见了吗？ 它们已然不像是
我的手指。 **我的**手，腕
曾小心翼翼托住你的
柔软缄默（还有你的身体
微笑的眼眸，足，手）
它们已然
非同以往。 **我的**怀抱
已不属于我
你曾全身心静静
蜷卧其中，
像**春天女神**新近创作的
一片叶子或花卉。
我认不出
我在我面前镜子里看到的这个人
是我自己。 我
不相信
我曾见到过这一切；
你爱的某个人
他比我
更苗条
更修长，进来了

成为了
我谈话惯用的口舌，
一个新人生气勃勃
打着我的手势
那个操着我的嗓音的人
也许就是你
正在
游戏。

那时你的眼睛一个微笑

那时你的眼睛一个微笑降下夜雨
完全笼罩了我神魂的羞涩小城
那时我的心栖息在喧闹生气的黑暗之上
我的血液搏跳搏跳着爱情
暗笑的良宵以声音蛊惑我蠢蠢欲动
那时我所有耸起的高塔与房顶浸透着爱情
我的街道悄声鼓胀我颤抖的房屋渴望
我的墙壁悸动扭曲我的塔尖随黑暗崩塌

后来我心中的手点亮灯迎击这黑暗（手
在这里在那里在我的小城去这里去那里）

小心地关窗闭门

另一只珍珠鸡死于心碎

另一只珍珠鸡
死于心碎于是我们来到纽约。
我惯于坐在桌旁，画双翼
那支铅笔一直断着我一直

在回忆你的精神看上去怎样当它
沉睡数年后，醒来问为什么。
所以后来你变成一幅某位人的照片

此人竭力不嘲笑
某位竭力不哭的人

鸟儿相会在新月之上

鸟儿相会在新月之上
瞬间：俯冲，骤然划出
疯狂的弧线；互相
追逐，聪颖地化入暮色的纹理……

她苗条得仿佛一个意外
似乎什么都不留意——
也许
值得她理解的东西
不存在
　（或许

在她默然的方式里此情此景
懂得一切奥秘）

——鸟儿彼此呼叫
昏眩般地旋转
在渐浓的风色里旋转；现在是恐惧和梦
融化的时刻只有大地不可觉察地升起
与遗失的海洋会合俯身向内
完全，微妙地消失。

后期的诗（1930—1962）

玛丽·格林

玛丽·格林
兴高采烈大大方方
飞往美国
　（就像一个梦）

勇敢忠诚
　（正直强壮）
纯粹的爱尔兰人
比阳光还要真实

那个男人真幸运
她自己将要创造幸福
　（尽管贫穷他将会富有
如果年老他将变得年轻）

不久前这是一座村庄

"想想吧：不久前
这是一座村庄"
            "是的；我知道"

"人们都祈祷，唱歌：
我错了吗？"
        "不，你没错"

"一星期干六天活像在地狱"
"他们死了像还活着：在希望的天堂"

"是否有两条路在这里会合？"
                "确实；
那边有一所学校"

"我是否记得一个女孩
眼睛天蓝，头发太阳似的金黄？"
                "你呢？"

"绝对是"
        "那非常奇怪，
我从没忘记一个雀斑脸的男孩"

"她和他可能会发生什么事？"
"也许他们醒来，把这叫做梦"

"梦里有绿色金色的草地吗？"
　　　　　　　"一条小河
懒懒流过"

"奇怪，割断了的苜蓿闻起来还是
那股味道"
　　　"到处是新割的干草"

"还有影子，声响和寂静"
"是呀，谷仓是个神奇的地方"

"一切都不同了：是吗"
　　　　　　　"有些事依然
原样，我的朋友；永远如此"

"比如说？"
　　　"如果每个女人都知道，
一百万个男人里应该有一个猜到"

"什么样的梦永不消失？"
"你向左转，在天的尽头"

"那些乳房萌动的少女何在？"
"在少男身下，他们用别针钓鱼"

我非常喜欢黑豆汤

我非常喜欢
黑豆
汤（啊我
非常
喜欢黑
豆汤
是呀我非常喜欢
黑豆汤）但是
我决不排斥
一块牛-
排

给我杜松子药酒
让我眼睛
看得清楚（啊给我
杜松子
药酒让我
眼睛看得清楚
是呀给我杜松子
让我的眼睛看清）但是
我喝纯朗姆当作
睡前-
酒

没什么能像位金发美人
赶走

丧气（啊没什么能
像位
金发美人赶走
丧气
是呀没什么能像位金发美人
赶走丧气）但是
我用红头啄木鸟
赶走牙–
疼

牧师说罪人
会在火里
烧死（啊牧师说
罪人会在火里
烧死
是呀牧师说罪人
会在火里烧死）但是
我估摸那比
冻死
强

人人死去成为
某个
别人（啊人人
死去
成为某个
别人
是呀人人死去
成为某个别人）但是
如果它杀了我

461

我要过我的
生活

说明:红头啄木鸟(redhead),为一种牙疼药品牌名。

爱情是一种猜测

爱情是一种猜测
让你双眼变得深沉
（时间是一朵玫瑰
绽开了）
　　你的眸子，我
亲爱的，那是两粒
露珠的青春国度

还从未命名的
一种平静
（完全没梦见过的
一种娇弱）
　　你的微笑
令黄昏暮色
难以媲美

真实得远远
胜于向往
（触摸着　新鲜得
胜于清晨）
　　你的生命
唯如一颗
雨后的星星

天空可以湛蓝

天空可以湛蓝；当然
（等冰雹冻雨和雪下完）
不过要蓝得胜过我爱人的双眼，
春季的天空不能够

心灵可以真实；当然
（黑夜白天或忧或喜）
不过要真实得胜过你的爱人
心灵还不能够

今天也许新鲜；当然
（新鲜得像四月的第一声问候）
不过要新鲜得像我们这第一千次亲吻，
今天不能够

tictoc 嘀嗒嘀嗒

tictoc 嘀嗒嘀嗒　如此之多
钟满世界告诉人们
此刻的 toctic 时辰
例如 tictic 六点
过 toctoc 五分

发条不受控制
它不会越出顺序
指针也不会突然
缓慢越过数字

　　　我们没有
上紧发条　它没有重量
它内部的发条齿轮
纤细小巧无与伦比
难道不确实吗亲爱的。

（于是当接吻的春天来到
我们互相吻来吻去吻那接吻的
嘴唇因为时钟 tictoc 没有制造
不同的 toctic
去吻吻你
来吻吻我）

there are so many tictoc
clocks everywhere telling people
what toctic time it is for
tictic instance five toc minutes toc
past six tic

Spring is not regulated and does
not get out of order nor do
its hands a little jerking move
over numbers slowly

　　　　　we do not
wind it up it has no weights
springs wheels inside of
its slender self no indeed dear
nothing of the kind.

　(So， when kiss Spring comes
we'll kiss each kiss other on kiss the kiss
lips because tic clocks toc don't make
a toctic difference
to kisskiss you and to
kiss me)

现在我们展开翅膀甜美地歌唱

现在我们展开翅膀甜美地歌唱，雪（在那里
这里）的幽魂畏缩，曾经茫然的土地
抖去睡意，她的心灵豁然敞亮：
现在天地万物品尝憧憬的惊喜

过去了那些黑暗严寒的漫长时辰
血肉屈从于乌有事物的时辰
　（那时怀疑便是确定，胆怯便是胆大；
现在年老变得年轻，冷漠变得热心）

到处涌现令人向往激动的事物
毫无希望的陈年杂物土崩瓦解：
没什么比得上这（吹拂我们的）醉人的风
带着初始的芬芳多么隽永

冬天结束了——现在（为了你和我，
亲爱的！）生命之星腾入炫目的蓝色

xUe 雪

渐
　　渐
　　　渐
　　　　渐
地

仿佛（渡过了单纯等待的

空间）不速之　客
突然来到精心

静静降，临的创意（处

处
－皆是
来自虚无－
之处）这（银色小丑

翻筋斗！　尽兴表！　演

羽毛状－碎片－喃

喃
　絮
　　语
　　　）x

468

U
e

雪

（附原文）

G
　ra
　　D
　　　ua
lLy &

　　　as　(through waiting simplicities of

space)　arrived　is
& suddenly Come makingly

silent descend，　ingly creative　(The

every
-Where
the from no-
where)　The　(silvery yesclowns

tumble! are made per! form

Featherish-nows-of-whiS

P
　e
　　r
　　　) s

N
o
W

舞）跳-舞

舞）跳

-舞　百万千万
沙沙瑟瑟

可触摸的
花朵
天地浑

然
（它跳跃
飘拂降
落

轻
盈
啊）
如此
洁白

胜于奇迹
梦中的生灵
来亲吻多么巧妙
飘浮

-万物-

完美闪烁
是（天使们）

在
–翩–翩–翩–翩–

（跳

雪是黄昏的客人

雪（
它们来自
无垠的
虚无之处，它们；来了
逍遥自在

：落下一片洁白。

）片
片雪：是；黄昏
的
客

人

恬恬喜雨静悄悄静

恬恬喜雨

静
悄悄
静

有

一只
画眉啼
鸣传

得

近
近
远

远

暮色像一头小熊

暮色像一头小熊
笨拙而漂亮地攀爬
天空的梯子（受鞭策的小熊
尴尬而快捷地演着
他在集市上的把戏
噼啪的鞭子
响亮可怕）
暮色的
毛茸茸的身躯强推硬挤
云的梯棍
——弯曲
鞭子拂过他的脸
无助的小熊
以爪子擦去泪水，

飞快缩回

他的笼子
　　一颗苍白的孤
星（演出已经
结束）向你向我庄严鞠躬

他孑然一身

他孑然一身　生活是差中之差
又是佳中之佳
每一个黄昏是他最后的暮色
每一回日出是他初次的黎明

（附原文）

for him alone life's worse than worst
is better than a mere world's best
whose any twilight is his last
and every sunrise is his first

附录

剑桥拉丁学校时期(1908—1911)

10 岁的卡明斯与父亲爱德华和妹妹伊丽莎白,1904 年

假如

假如雀斑可爱，白天是黑夜，
假如麻疹漂亮，谎言非欺骗，
　　那么生活就会快乐——
　　然而事物不能因此变好
　　在这样悲戚的境地
我将不成其为**我**。

假如大地是天空，现在是未来，
假如过去是现在，虚假是真实，
　　那感觉可能会不错
　　然而我会担心
　　在这样的伪装之下
你将不成其为你。

假如恐惧是勇敢，圆球是方块，
假如污秽很清洁，泪水是愉悦
　　事物看上去挺美，——
　　可它们全叫人失望，
　　如果此处成为彼处
我们将不成其为我们。

我的祈祷

上帝，让我成为诗人，简洁，
有力，清晰。帮助我生活
永远向上抵达更高的标准。教我
垒起一道雄浑、简单、巨石的墙，
首要的是坚实，
用细小优美的石头填充缝隙
还有头韵、明喻、隐喻的黏土。
赐予我力量，在悲喜交集中指出错误。
让我成为真实的诗人，永远忠于内心呼唤，
在最黑暗的夜里永远探索
更清澈更亲切的光明，
毫不气馁地坚定站立于**正直之柱**，
以心，以灵魂，以真才实学工作，
写我最崇高的**理想**，无论我写什么，
永远真诚、高尚、豪爽、快乐，
畏惧吗，决不。

说明:标题为原有。

481

E. E. 卡明斯年表

1894　10 月 14 日出生于马萨诸塞州剑桥，是父母唯一的儿子。父亲爱德华·卡明斯是哈佛大学的社会学教师与教堂牧师。

1908—1911　就读于剑桥拉丁学校。

1911—1915　就读于哈佛大学。获文学学士学位，希腊和英国文学的学习成绩格外优秀，并从事诗歌创作。

1916　在哈佛大学获文学硕士学位；开始从事绘画。

1917　迁居纽约。4 月自愿加入诺顿·哈吉士救护车队前往法国，在巴黎停留了 5 周后被派往西部前线。9 月被法国安全警察以间谍罪嫌疑逮捕，关押入拘留站。12 月释放后返回美国。《哈佛八诗人》出版，内有卡明斯的诗作。

1918　在马萨诸塞州德文斯营地第 73 步兵团服役六个月。

1919　与伊莱恩·奥尔发生恋情；女儿南希于 12 月出生（她是卡明斯唯一的孩子）。

1920　在先锋文艺杂志《日晷》第一期发表诗歌。

1921—1923　经常居住于巴黎，并曾去里斯本旅行。

1922　以其在法国拘留站的经历为题材的小说《巨室》出版。

1923　第一部诗集《郁金香与烟囱》出版。

1924　3 月在剑桥与伊莱恩结婚。8 月在曼哈顿的格林威治村帕金巷 4 号设置画室。12 月在巴黎离婚，女儿南希的抚养权归伊莱恩。

1925　诗集《和 [与]》出版。获"日晷"文学奖。

1926　诗集《等于 5》出版。3 月与安妮·巴顿（Anne

Barton）赴欧洲旅行。11 月，其父死于车祸，享年 65 岁。

1927—1928　三幕戏剧《他 (him)》出版并上演。

1929　与安妮·巴顿结婚，并在欧洲度蜜月。

1930　散文集《无题》出版；11 月赴欧洲旅行。

1931　诗集《万岁》与美术作品集《CIOPW》出版。赴苏联旅行两个月，印象极其恶劣。12 月，在纽约画家与雕塑家画廊举行第一次画展。

1932　与安妮·巴顿离婚；时装模特玛丽安·摩尔豪斯 (Marion Morehouse) 作为卡明斯的第三任妻子和他共同居住，直至他去世。

1933—1934　出版长篇纪实作品《我是 (Eimi)》，记录了他在苏联的旅行，对当时的苏联进行了揭露和批评。获古根海姆学者基金资助，与玛丽安·摩尔豪斯赴巴黎、突尼斯和意大利旅行。

1935　诗集《不谢》出版。4 月，于佛蒙特州本宁顿 (Bennington) 学院做第一次公开朗读。根据斯托夫人的长篇小说《汤姆叔叔的小屋》创作芭蕾舞剧剧本《汤姆 (Tom)》。年底于格林威治村帕金巷 4 号画室的底层租得一套小公寓，与玛丽安在此居住直到去世。

1938　出版《诗集》，为以往各诗集的选集，并加入 20 首新诗；出版后受到高度评价。

1939　在哈佛大学朗读自己的诗歌。

1940　出版《50 首诗》。

1944—1945　诗集《1×1》出版。先后于美英艺术中心和罗切斯特画廊举行绘画个展。

1946　出版剧本《圣诞老人》。

1947　母亲丽贝卡于 1 月去世，享年 87 岁。

1948　与女儿南希重聚。

1950　诗集《高兴》出版。获《诗歌》杂志的门罗奖与美国诗歌协会奖。于罗切斯特画廊举办个展。

1951　第二次获古根海姆奖金。赴巴黎、威尼斯、佛罗伦萨与雅典旅行。

1952—1953　受邀在哈佛大学著名的诺顿讲坛发表演讲；后结集为《我：六次非演讲》出版。

1954　《诗集 1923—1954》出版。于罗切斯特画廊举办个展。

1955—1956　开始为期七年的在全国多所大学院校的诗歌朗读。赴西班牙与意大利旅行。

1957　当选为波士顿艺术节诗人。

1958　《95 首诗》出版。获波林根（Bollingen）诗歌奖。

1959—1960　获福特基金奖。赴爱尔兰、意大利、希腊旅行。

1962　9 月 2 日，于新罕布什尔州的快活农场家中劈柴后中风，次日去世，享年 68 岁。埋葬于波士顿的福雷·希尔斯公墓内的家族墓地中。玛丽安于 1963 年主持了《73 首诗》的出版；她本人于 1969 年去世，享年 63 岁。

（邹仲之　编）

译者说明

1. 本书 216 首诗选译自《卡明斯诗全集》(E. E. Cummings Complete Poems 1904 – 1962)（George J. Firmage 编辑，纽约 Liveright 出版社 1994 年出版）。该书收入了卡明斯生前发表和准备发表，以及去世后由他人整理出的全部诗作，共 959 首，此外还有 7 首译诗。本书诗的排序同原书。

2. 卡明斯的绝大多数诗没有标题，现一般以各诗的首行为其标题。凡原有标题的诗，译者均做了脚注。

3. 卡明斯的诗，除早期的外，其诗行的首写字母、人名、专有名词和"我（I）"多没有常规地采用大写字母。这在中文译诗里无法表现。但在多数诗里，卡明斯在个别诗行的开头或中间将某些单词的首写字母采用了大写，对这些单词，译者以黑体字标出。还有少数单词，卡明斯将其中、后部分的字母采用了大写，如 billiardBalls，中文则表现为"台**球**"。

4. 卡明斯在其独树一帜的实验诗歌里，打破拼音文字的字母拼写规则而营造的效果，在用象形文字的语言里是无法表现的。考虑到读者都不同程度地学过英语，译者遴选了 10 首诗，将其原文附于译文后，以供欣赏。

5. 原书没有注释。本书的脚注均为译注（参考了 Michael Webster 单独发表的为该书部分诗做的注释）。

6. 原书没有插图。译者选取了 20 幅绘画，以便读者能同时见识作为画家的卡明斯。卡明斯的画并非为了配诗，但是当它们置于同一本书中时，译者以为，将画配上诗，对于阅读二者都多少会增添一点情趣。

7. 译者特别感谢台湾著名诗人余光中先生，他慷慨应允我们将其文章《美国诗坛顽童肯明斯》作为本书的序言。这篇写于 1962 年的悼念文章，今天读来，其对诗人的评述依然准确、贴切。

8. 译者非常感谢责任编辑宋佥先生，本书是我们继《草叶集》的第二次合作。由于他细致和专业化的工作，卡明斯诗歌的中文首译本得以较为完美地呈献在读者面前。

邹仲之
2015 年 7 月

486

"增订版"说明

1. 此"增订版"含诗 326 首，其中 110 首为新译，对第一版里的 216 首中的多数进行了修改。所附原文由 10 首增至 35 首。

2. 为使诗文字面简洁美观，诗内不再出现注释符号，将注释文字以说明的方式置于诗下方。

3. 此版以 13 幅卡明斯肖像照片和一幅自画像，取代第一版中的卡明斯彩色绘画。这些照片下载自相关网站，凡能获取到的有关摄影地点、时间及摄影者的信息，都附于照片下方的说明中。

4. 此版增编了"E. E. 卡明斯年表"。

5. 译者曾于"喜马拉雅听网"开设"译者读诗"栏目，朗读自译的诗歌；其中有 7 首卡明斯，多数以萨蒂的钢琴曲作为配乐。卡明斯于 1917 年初到巴黎时曾听过萨蒂的演奏，非常欣赏；不料百年后他的诗与萨蒂的音乐水乳交融。译者欢迎专业的朗读者使用相同配乐朗读卡明斯的这些诗，以及该栏目中其他诗人的作品。

6. 译者对于上海译文出版社的支持，对于本书两位编辑冯涛先生与宋玲先生的工作，表示衷心谢意。

邹仲之

2023 年 7 月

E. E. Cummings

E. E. Cummings：Selected Poems

图书在版编目（CIP）数据

卡明斯诗选：增订本 / （美）E. E. 卡明斯
（E. E. Cummings）著；邹仲之译. -- 上海：上海译文出
版社，2024.11. -- ISBN 978-7-5327-9624-3

Ⅰ. I712.25

中国国家版本馆 CIP 数据核字第 20249KA326 号

卡明斯诗选（增订本）

[美] E. E. 卡明斯/著 邹仲之/译
策划/冯涛 责任编辑/宋金 装帧设计/张志全工作室

上海译文出版社有限公司出版、发行
网址：www.yiwen.com.cn
201101 上海市闵行区号景路 159 弄 B 座
江阴市机关印刷服务有限公司印刷

开本 889×1194 1/32 印张 16 插页 6 字数 77,000
2024 年 11 月第 1 版 2024 年 11 月第 1 次印刷
印数：0,001—4,000 册

ISBN 978-7-5327-9624-3
定价：78.00 元